呪われ少将の交遊録

相田美紅

ポプラ文庫

目次

一話　水晶

「清川尚成《きよかわのたかなり》。おまえは、此度《こたび》衛門府《えもんふ》の大尉《たいじょう》から右近衛少将《うこんえのしょうしょう》となるぞ」

尚成に昇進の話が舞い込んだのは、花の蕾かたい早春のことであった。

雪の混じった、重い雨の降る日。春とはいえ、冬の名残が強い。帝のおひざ元である大内裏《だいだいり》にある、この武官詰所の床板からも、爪先に強く冷えを感じる。しかし、この青年、清川尚成には、胸の鼓動の高鳴り、そして熱くめぐる血潮が他のなにより勝っていた。

「この尚成、全身全霊を以《もっ》て任を全うします」

顔を上げる。頬が赤いのは、寒さのためではない。瞳が潤んでいるのは、悲しみのためではない。黒々とした眼に燃える熱誠《ねっせい》が、口元に溢れ出る若さが、尚成の顔を輝かせている。

右近衛大将をつとめる藤原吉野《ふじわらのよしの》は、若く初々しい尚成の反応に、小さく微笑《ほほえ》みを浮かべた。

尚成の、薄く日に焼けた名残のある面《おもて》。生真面目さをたたえた眉宇《びう》。薄い唇は口角を締め、品のよく通った鼻筋は清潔感を漂わせている。これぞ前途洋々といった出で立ちの若者である――のだが。

「尚成よ。まこと頼もしいのだが、汝《なんじ》は狩りにでも行った帰りか？」

吉野がからかいまじりに言うと、尚成はきょとんと目を丸くした。

吉野は軽く苦笑を浮かべて、己の冠のあたりを指した。

「枯葉が冠を彩っておるぞ」

それに、肩や袖がわずかに湿っている。

尚成は「あ」と目を見開いた。

「申し訳ありません。これは——その……」

「伯父上」

答えに窮する尚成の言葉を遮る者があった。

「尚成は、女房《にょうぼう》に頼まれて御庭で失せ物を拾っておりました」

部屋の角、壁際に男が一人座している。

細く長い眉。切れ長の目元は伏せられ、うっすらと青く陰を帯びている。眼差し涼しく、落ち着いた美丈夫である。人形のように美しく、表情のない、絵にかいたように整った容貌は、しかしどこか酷薄な色を漂わせる。袍《ほう》の上からでも男の体格が良いのが分かるが、威圧感はなく、まるで置物のようにすっかり部屋の中に溶け込んでいる。

「兼久《かねひさ》」

吉野は一度尚成から視線を外し、兼久と呼ばれた男を見た。

「責めてはおらん。ここまで、女房の喧《かしま》しい悲鳴が届いておったのでな」

この男、水落《みずち》兼久は藤原吉野の遠縁の親類であり、右近衛府《うこんえふ》の官人である。尚成とは旧知の仲であり、またかつて衛門府での同僚でもあった。近衛府とは武器を帯びて宮中を警護し、行幸《ぎょうこう》に供奉《ぐぶ》して帝の身をお守りするものである。内裏を守る右近衛府、左近衛府のうち、兼久が属するのは右近衛府と呼ばれる役所であった。

現在、尚成が籍を置いている衛門府は、官庁街である大内裏の守護、巡検、御幸の先駆けなどに当たる。職員は多く検非違使《けびいし》を兼任し、殺人、強盗、謀叛人《むほんにん》などの逮捕、風俗の取り締まりなどの業務を担当した。

「おまえたち二人は衛門府の同僚であったな。内裏でのこと、よろしく頼んだぞ」

そう大らかに、少し悪戯《いたずら》っぽく吉野は笑った。柔らかな声質は耳触りが良く、体の芯までよく染みる。尚成は深々と平伏した。

「助かったぞ、兼久」

吉野の前から身を引いた尚成は、胸をなでおろしつつ、兼久に笑みを向けた。

「礼には及ばんさ」

兼久の表情にも声にも愛想はないが、いやな気負いもない。

「どうにも、吉野様の前になると、身が強張るというか。緊張してしまってな」

藤原吉野は、藤原式家《しきけ》、参議藤原綱継《ふじわらのつなつぐ》の長男であり、若くして大学で学び天皇に仕え、国司《こくし》として頭角を現した。性格は寛大であり、人によく学びよく教え、人を分け隔てなかった。まさに尚成の理想とし、また手本とすべき御仁でもある。

兼久は尚成の耳元に指を寄せ、冠から伸びた顎紐《あごひも》にかかる枯葉をひとつ摘んで見せた。

「そのわりには、だな」

身なりの無頓着《むとんちゃく》さを指摘され、尚成は言葉を詰まらせた。

――目の前で人が困っていたのだから、助けるほか仕方ないではないか。とは思うものの、確かに上官であり憧れの人である藤原吉野その人の前に、枯葉を頭につけたまま出てしまったというのは失礼であったと深く反省している。

「俺だって自分で嫌になっている。もう言ってくれるな」

気恥ずかしさとばつの悪さの入り混じった気持ちで枯葉をはたき落とし、意地の悪い兼久から顔を背けたところで、廊《ろう》の角、庇《ひさし》の下に女房と鬟《みずら》の少年がいるのが目に入った。

そのうちの女房は先ほど、廊で長持《ながもち》をぶちまけてしまった者だ。

「どうした？」

あらぬ方角を見て固まった尚成に、兼久が尋ねる。尚成はついと女房たちを指さして、

「さきほどの件の女房だよ」

と、兼久に視線を戻した。

彼女がぶちまけ、御庭に散らばった品々を通りがかった尚成が拾い集めてやっていたのだ。みぞれに打たれ、袍が汚れることも厭わず、植栽に頭を突っ込んで長持の中身を拾い集めた尚成に女房は感謝していたが、その後、枯葉まみれで詰所に行く姿を案じていたのだろう。

大丈夫だったぞ。そう込めて尚成が片手を上げると、女房は心底ほっとした顔で、深々頭《こうべ》を垂れて礼をした。

「それはそうとして、あれは？」

兼久が、鬟の男子を顎でしゃくる。尚成は笑顔で女房に手を振りながら、軽く首を傾げた。

「先ほどは見当たらなかったのだが、鬟のうちに大内裏《ここ》にいるくらいなのだから、お偉方の御子息なのかもしれんな」

鬟とは元服前の男児の髪型で、まだ冠を頭に載せたことがない証でもある。遠目だが、白い面にすっきりとした顔周りの美童らしい。血色よく、髪も艶がある。直衣《のうし》に下袴《したばかま》という着物から見ても、おそらく貴族の中でも良い所の子息なのだろう。

少年は女房の袖の下から、尚成をまさに穿つように見ていたが、サッと身を翻してしまった。側の女房が、慌てて後に続く。女房は落ち着きなく一礼し、少年の後を追って去っていった。

「あの鬟の小僧、おまえを睨んでいるようだったが」

「そうだったか？」

兼久の言葉に尚成は再び首を傾げる。

「高貴なお方の御子息ならば、きっと人見知りなのだろう」

あるいは己の女房に絡まれて嫉妬でもしているか。どちらにせよ、可愛いものではないか。尚成が思ったことをそのまま口にすると、耳の後ろで静かに微笑む気配がした。

「おまえのそういうところは、好ましいところだ」

それは微笑みと呼んでいいものかどうか、見逃してしまいそうなほどささやかなものだった。

日頃、なかなか表情を顔に浮かべない男であるが、時折こうやって柔らかい面を見せる。その時、その目の奥には温もりが見え隠れするのだ。尚成は、その眼差しの先に自分が在ることが、嬉しくなった。

「おう、俺も兼久のそういうところが好きだぞ」

「そういうところ?」

「普段仏頂面《ぶっちょうづら》だから、笑うと分かりやすい」

「なんだ、それは」

「ともかく、おまえに追いついたぞ」

兼久の方が一足早く昇進し、今は中将だ。尚成はこの度、少将となった。未だ一歩及ばないでいるが、それでも尚成には兼久の背が見えるところに来られたことが、嬉しい。


やがて日が暮れた。

雨はすでに止んでいる。勤務を終え、刺すような寒さの中、暮れなずむ空を見上げつつ、尚成は家路を急ぐ。

大内裏を守る朱雀門《すざくもん》を抜け、大路に差し掛かる。

舎人《とねり》を引き連れた牛車《ぎっしゃ》や、籠《かご》を担いで歩く市井の人々、あるいは尚成のように独り歩きをする男たちが、薄く夕闇迫る中、家路についている。

――今日は父上と母上に、よい報告ができる。

尚成の足取りは軽かった。濡れた砂利を踏む音が耳に心地よい。きっと母は笑顔で祝ってくれるだろう。父は言葉の少ない性質だが、それでも内心で喜んでくれる。

今でこそ武官に属するほど壮健で、武芸を磨いてはいるけれど、幼少期は体の弱い子どもであった。よく熱を出し、咳をし、外の遊びもなかなかできなかった。そんな自分が、今では若くして右近衛少将だ。あの藤原吉野様の下につくのだ。尚成自身でさえこんなに感慨深いのだから、赤子のころから気を揉むことの多かった両親は尚更だろう。

ふいに尚成は足を止めた。ちょうど、橋の中ごろだ。

薄い闇の中、視界の端に、なにか白い影が河原に揺れた――気がした。

橋を渡る人々は気にもしていない、というよりは、視界に入ってもいないようで、先を急いでいる。

誘われるように手すりに指をかける。滑らかな木肌は、昼の雨を吸って冷たく湿っていた。

河川敷《かせんしき》を覗きこむ。

尚成は一瞬、息を呑んだ。

――幽鬼《ゆうき》がいる、と思った。

冷え冷えとした蒼い闇に包まれ、川のせせらぎが寂しくしじまを打つ中に、男が一人、ぼんやり立ち尽くしている。

帽子もなく、水干も袴も穿かず、黒い無地の羽織の下に、真っ白な長着を着ている。

まったく、奇妙な出で立ちだ。

帽子も袴も得られないほどに貧しいのかといえばそういったようではなく、羽織や長着は、遠目でも分かるほど品のよい生地を使った、上等の物に見える。男は成人しているようであるが、髪は結い上げず、肩で緩く一束にまとめただけである。寝間着姿で病床から抜け出てきたのだろうか。それにしては背筋に芯が通っている。

尚成の不躾《ぶしつけ》な視線に気が付いたのか、男は顔を上げた。色の抜け落ちた、真っ白な面だ。その白さといえば、ほのかに光を発しているように見えた。

幽鬼の目が、尚成の姿を捉える。視線と視線が音を立ててかち合った。その瞬間、尚成は心の臓が止まった気がした。思わず後退《あとずさ》る。

尚成は大急ぎで足を進めた。

見てはならぬものを見た。この世のものでないものを見た。

なんの不思議があろう。今は逢魔《おうま》が時ではないか。昼と夜が入り混じり、人と魔とが交錯する。すれ違う者が人か魔物か定かではない。だからみな、家路を急ぐのだ。

見てはならぬものに見られた。この世のものでないものに見られた。

背筋に冷たいものが走る。尚成は隠れるように人波に紛れ、足を急がせた。

屋敷に着くころにはとっぷりと日は暮れていて、天に月が昇っていた。門前に使用人を呼び出し、塩を振って身を清める。橋で見た幽鬼の影を、家の中に持ち込まないためだ。

「父上と母上にお話ししたいことがあるのだが、どこかな」

尚成の言葉に、使用人の男は目を瞬《しばた》いた。

「縁側でお話しされておりますよ。何かいいことでも？」

「分かるか？」

「昔から尚成さまがご両親にお話があると言う時は、嬉しいことがあった時ですからね」

それだのに塩をまけだなんてと、塩壺を腕に抱いて首を傾げる男に、尚成は何も返さなかった。

七つの年頃、体が病弱であったため、両親をはじめ家の者たちは病魔やら鬼やらというものに大げさすぎるほど敏感なのだ。しかしそれもこれも尚成可愛さ故なのだと思えば、多少煩わしくとも無下にもできず、となれば、もはや口を噤《つぐ》むほかない。

「本当になにもないんですね？」

念押しして凄む男の目に、猜疑《さいぎ》の色が浮いている。その深奥には尚成に対する労りや慈しみが見え隠れするものだから、やはり冷淡には扱えなかった。

「家に帰る道すがら、猫の死骸と出くわしてしまってな。凶事を持ち込んではいけないと思っただけだよ」

見たのは猫の死骸ではなく幽鬼だが、不吉なものには変わりない。身を清め終わると、さっそく父母のいる縁側に向かう。

二人はちょうど並んで月を眺め、母は箏《そう》を奏でているところであった。尚成の姿を見つけると、母は爪を止め、笑顔で手招きした。

「ただいま戻りました」

尚成が頭を下げ、膝を進める。

父、清川貴嗣《きよかわのたかつぐ》は無言のまま頷き、尚成に目をやった。引き締まった口元に、思慮深い眼差し。寡黙だが、黒々とした瞳には、誠実さと芯の強さが溢れている。この眼の前に出たら、誰も嘘を吐くことができなくなるのだ。小鼻の横にうっすらと溝の浮く年頃ではあるが、肌にも姿勢にも、心の張りが現れていた。

「今日は月が冴え冴えとしているわねぇ」

母は月を見て感嘆する。名を治子《はるこ》というおっとりとした女性で、音曲や歌を嗜《たしな》み、花鳥風月を楽しみ、愛した。

尚成も顔を上げ、夜空を仰ぐ。昼の雨に洗われたのか、月は皓々《こうこう》と冴えていた。星々の瞬きを遮るほどに厚い雲を、切れ間から明るく照り返している。

「はい。良い月でございます」

尚成が頷くと、母は眼差しを細めて目じりに皺を作った。

「一曲、願えるかしら」

治子は爪を尚成に差し出す。尚成はそれを慣れた手つきで指にはめ、月夜にちなんだ曲を奏でた。

「お見事。箏や笙《しょう》、笛を友の代わりとして育っただけのことはあります」

「ありがとうございます。しかし、俺はあまり、そのころのことは覚えていないのですが」

尚成が恥ずかしげにそう言うと、母は「おまえは覚えていなくとも、そうなのですよ」と、愛おしいような、困ったような笑みを浮かべた。

「風が吹けば咳をして、雨に打たれれば熱を出し……それが七つのころ、山で姿を晦ませてから病気のひとつもしなくなって。きっと山の神様のお慈悲を受けたのでしょうね」

いつもの台詞だ。

正直な所、尚成に十歳以前の記憶は遠いものだった。ありありと思い出せるのは十歳を迎えてからのものばかりで、よく寝込んで咳をしたと言われても、分からないのだ。七歳のころに山で迷子になったらしいが、やはりそのことも思い出せなかった。

「男子は女子より病に弱いものだ。尚成も、そのころにようやく体ができあがったということだろう」

いつも父が口にする返しだ。

母は尚成が山での一件以降、病気がちでなくなったことを「山の神様のお慈悲があった」と常々口にしているが、父の見解は違うようである。

「父上。母上。ご報告したいことがあります」

尚成が切り出すと、二人は同時に尚成を見た。

天皇の居住区である内裏を警護する、近衛府。右近衛少将への抜擢は、二十五に満たぬ尚成の若さからすれば異例のものであろう。六衛府の中で最も天皇に近く、最も格式高い所。

これまで衛門府として大内裏の警護に就き、その勤勉さから上官の覚えが良かったこともあるが、それにしても清川家という中流貴族の出自であることを考えると、類を見ない昇進の速さである。

「そうか」

貴嗣はたった一言、そう返しただけであった。しかし、その眼差しは熱く、重たいものが含まれている。それは尚成に責任の重さ、そして自覚を問う厳しいものであり、微かな誇らしさを含んだ温かなものであった。

母は尚成の頬を柔らかな手のひらで包み込むと、「おまえは誰に似たんだろうねぇ」と、眦《まなじり》をそっと湿らせた。

「こちらからも、おまえに話があるのだ」

貴嗣が、改まって尚成に向き直る。

「おまえに結婚の話が持ち上がった」

面食らった。結婚だと。

「おまえ、弓矢やら舞やら楽器やらは上手でも、肝心の歌の方はからっきしでしょう。相手は鶴姫《つるひめ》というお方でね。おまえの御父上さまの同輩の姪御にあたる姫君よ。無礼があれば破談になるんですからね。今のうちに歌の上手な御人に稽古をつけてもらおうかしら」

ねえ、と治子は貴嗣に相槌を求めている。それ以上のことは尚成の耳に入ってこなかった。

鶴姫。どんな姫だろう。

脳裏に、雪のような肌をした黒髪の娘が浮かぶ。

胸が鳴った。昼間、詰所で感じた高揚とまた少し違っている。ふわふわと、まるで酔った時のようだ。仕事一途、今まで女人とのかかわりの薄い尚成である。それが今宵、ふっと花の種の気配を胸に感じたのである。

(俺は幸せ者だ)

衛門府から憧れの近衛府に移り、無骨なばかりの俺のもとに結婚の話が舞い込んだ。

――俺にとって、今がまさにこの世の春だ。

歓喜に打ち震える尚成は、逢魔が時に出会った幽鬼のことなど、すっかり忘れてしまっていた。

しかし幽鬼は凶事を運ぶもの。いつの間にか、冴え冴えとした白い月に叢雲《むらくも》が懸かっていた。

＊

尚成の昇進を、衛門府の同僚たちも声を揃えて祝ってくれた。

詰所の裏で握り飯を頬張り、昼餉を取っていた最中のことである。

「こんにゃろうめ。昨日、姿を見ないと思ったらそんなことになってたのかよ！」

最後の一口を水で押し流し、そう言って尚成の脇を肘で小突くのは、尚成より頭ひとつ分小さいが三つ年上の上友近《うえのともちか》である。先の丸い鼻先に散った雀斑《そばかす》と、快活な印象の明るい目元が特徴だった。

「まさか尚坊《たかぼう》に先を越されるとは、思ってもいなかった」

むぅと唸っているのが、尚成よりひとつ年上の朝野由直《あさのゆきなお》。すっきりした目元としっかりした顎、高すぎず低すぎない鼻が、精悍な印象を抱かせる。

尚成の同僚たちは皆、太刀を佩《は》いて弓箭《きゅうせん》を帯び、先を丸めた巻纓冠《けんえいのかん》に緌《おいかけ》をして、脇の開いた動きやすい袍を着用している。朝廷の警備に走り回るためだ。

「御所はどろどろした思惑渦巻く場所と聞くから、俺は心配だ。な？」

友近が由直に相槌を求める。

「尚坊は人が好いからな。内輪の揉め事に巻き込まれないよう気を付けなければ。

まぁ、兼久がいるのだから、心配はないだろうが用心するんだぞ」

肩を摑まれ、念押しされる。

「二人とも。心遣いは嬉しいが、そんなに心配してくれるな」

俺だってもう十の童じゃないんだぞ。尚成がいささか不満げに漏らすと、友近は
「なにおう」と、唇を尖らせた。

「塀の仔猫を助けようとして、溝に落っこちた奴が何を言う」

「落っこちたといえば、池に浮かんだ毬《まり》を取ろうとして沈んでいったこともあったな」

「ああ、どこぞの姫君の毬だろう。犬が絵巻物を咥えているのを追いかけていって、返り討ちにあったこともあるしなぁ」

「それからあれもあるぞ。上官殿の――」

「もういい！」

尚成が由直の言葉を遮る。

尚成に関する、この手の話は掘ればわんさかと出てくる。すべて良かれと思っての行為だが、いつも何か粗相をしでかしている。

――俺だって、好きで失敗しているわけじゃない。己の職務に忠実であれと、いやそれ以上に困っている人を捨ておけない気持ちだけは十二分にあるのだ。しかし、いつも何か上手くいかない。から回りしている。

物笑いの種のように扱われて、尚成は眉を顰《ひそ》めた。由直は苦笑を浮かべ、友近は

つま先立ちになり、尚成の項を抱き寄せた。

「内裏の連中にいじめられたら、いつでも戻ってこいよ」

「……友近……」

額と額を合わせた先に、真摯《しんし》な瞳が燃えている。

「そういえば、先日良い酒を貰ってな」

由直の言葉に、友近はぱっと目を輝かせた。

「そりゃ、いい！　ならそいつで一杯、尚坊の昇進祝いといくか！」

酒に目のない友近である。舌なめずりして喜んだ。

「俺は酒を用意するとして、友近はたしか、塩漬けの魚を作っていると言っていたな」

「おう。俺のところで作る干物ぁ、天下一品だぞ」

「なら、友近はそれを持ってこい」

「よし、任せろ！」

衛門府に配属され、もう幾度となく交わしてきた会話だ。

「場所は俺の屋敷で良いか？　なにか美味いものを頼んでおくから」

尚成が申し出ると、由直は細い目をいっそう細めて笑った。

「主役はなにも用意しなくていい。が、場所だけ借りようか」

「ああ。兼久にも声をかけるか？」

「当たり前だろう。なにせ、おまえの上官になるんだぞ」

兼久ももとは衛門府にいて、すぐに近衛府に引き抜かれた。体軀に恵まれ、顔も端整で、年端に似合わぬほどの落ち着きぶりを備えた兼久は、すぐに大内裏でも話題となった。その上、藤原吉野の縁の者という故もあり、彼が上層部の目に留まるのは時間の問題だったのだろう。それまでは、四人、こうやって賑々しく日々を送っていた。

「さて、そろそろ職務に戻るぞ。尚成も、早くそれを食い終わってしまえ」

由直が切り上げの声を上げる。

尚成は慌てて手に持っていた握り飯を口に頰張ると、先に持ち場に帰ろうとする二人の背中を追いかけた。

その時、不意に視界の端に影が見えた。

中庭を挟んで遠く、柱廊《ちゅうろう》を、白い影の男が横切っていく。黒い羽織に、白い長着。なびいているのは下ろした黒髪だ。

身が竦んだ。

見間違えようがない。あの時の、あの男だ。

「尚成、早く来い！」

尚成はハッとして友を見、そして弾かれたように柱廊へ視線を投げたが、すでにそこには何者の姿もなかった。

――見間違いか？

こんな真昼から、幽鬼が出るわけがない。出るわけがないではないか。

そう思いながら二人に追いつくと、友近はおやと首を傾げ、

「大丈夫かぁ？　顔が真っ青だぞ」

と、眉を顰めた。

大丈夫だと笑ってごまかしたが、尚成の背中には、その一瞬で汗が浮いていた。


そして三日が経った夜のこと。

月の明るい夜だ。空には星々が遠く瞬いている。

尚成は部屋に杯や干物の肴を用意し、火鉢を手ずから運び込んだ。

部屋からは池泉に橋がかかり、庭石や植木の姿がよく映えて見える。小規模な庭ではあるが、職人が趣向を凝らし、家人らが丹念に手を入れている庭だ。池に枝をかける松、苔むした岩は緑色に輝いて、花々は四季折々の彩で優雅に視界を飾る。鮮やかではあるが、しかし決して華やかすぎることはなく、どこか慎ましく、静かで、四季を身に映す使命を帯びているような厳かさがあった。

尚成は火箸で炭をつつきながら友を待った。

「尚成様、お客様が来られました」

下女に呼ばれて、部屋の戸を開ける。

白髪の交じった下女の後ろで、兼久が白い息を吐いていた。青みの強い直衣に、銀鼠に柳襷《やなぎだすき》紋の指貫《さしぬき》を穿き、立烏帽子を被っている。

「土産だ」

兼久は手に持っていた、縄で連ねて括った小魚を尚成に差し出した。尚成は下女に焼いてくれと頼む。

「少し早かったか」

兼久が誰もいない部屋を見回して呟《つぶや》く。尚成は火鉢の側を勧めた。しかし兼久は足を止め、いつまでも立ったままでいる。尚成が不思議に思って顔を向けると、兼久はじっと布をかけた箏を見つめ、片膝を突き、そっと掛け布の上から箏に触れた。

「友近と由直が来るまで、一曲聞くか？」

尚成が尋ねると、兼久はうっすらと口元を綻ばせ、頷いた。

尚成は箏の側に置いてある小箱から爪を取り出した。繊細に張り詰められた弦を撫でつける。少し乾いて軽快な音が鳴った。尚成の指が十三の弦に踊る。尚成の、節の浮いた無骨な指で、珠玉の音色が奏でられていく。

兼久は腰を下ろし、目を瞑って聞き入っている。空の月は大きく盛り、水面には蕩《とろ》けてやわらかな月光が漂っている。木々や岩は静まりかえり、虫の声も風の音もしない。ただ箏の音色だけが、蒼い闇の中に響いている。

爪が最後のひと弾きを終える。尚成は傾けていた身を起こし、静かだが深い息を吸った。

「美しい」

兼久が目を開けるのと同時に、呟く。

尚成が照れ笑いを浮かべると、兼久は遠くを見るような目をして、「美しい」と、再度呟く。それがお世辞ではなく、心からのものであると分かって、尚成はこそばゆいやら誇らしいやらという心地になった。

「兼久、知っているか？　箏は、龍に喩えられるんだ」

照れ隠しに話題を振ると、兼久は口を結んだまま尚成へ視線を向けた。

「ここが龍頭《りゅうとう》」

尚成の手が、自身の座す側の箏の先端部分を撫でる。

「この弓型の、弦を支える橋部分を龍角《りゅうかく》、そして弦を通す穴を龍眼《りゅうがん》」

順を追って、言葉通りに指が滑る。箏の弦、木肌を撫で、尚成は手のひらで優しく龍頭の断面を包み込んだ。

「ここが龍舌《りゅうぜつ》といって、普段は口前をつけておくんだ。そして弦の張った側を龍《りゅう》甲《こう》、箏の裏側を龍腹《りゅうふく》という」

箏は姿を龍に喩える。とすれば、音色は龍の歌声か。

「龍の声は、きっと美しいのだろうな」

尚成が感嘆して呟くと、兼久が微笑む気配がした。

「その龍が羨ましいな」

兼久の静かな視線が、尚成の手元に注がれている。柔らかく、指の一本一本に絡みつくようなそれに、思わず袖の中に手を引っ込めた。

「おい、そんなに見るな。恥ずかしいだろう」

美しい手ではない。浅く色焼けて、血の管が浮き、ささくれや肉刺《まめ》もある。こう改まってじっくり視線を注がれると、多少の羞恥心が湧いてくるものだ。

「何を恥じる？」

兼久は腕を伸ばし、袖の中から尚成の手を包み込む。冷たく、大きな兼久の手。滑らかで、傷ひとつない。節も爪も大きく、均整の取れた指先。同じ武官であるのに、なぜこうも違うのだと不思議に思ってしまう。

「至上の音を奏でるおまえの手は、美しい」

嫌みのようだが、この男の場合、本気なのだ。尚成は面映《おもは》ゆい心地をごまかすために、わざとらしく口を曲げて顔を背けた。すると兼久は少し困ったような色を眉宇に浮かべて、尚成の横顔を覗きこむ。

「何か気に障ったか？」

「……おまえはいつもそうだ」

歯が浮くようなきざな台詞をさらりと、しかも大真面目に吐くものだから、どうしたものかいつも困ってしまう。

「嫌いか？」

こう聞かれると、尚成は弱かった。

「俺は嫌いな奴を招いてもてなせるほど、器用な性分じゃないぞ」

「知っている」

兼久が答える。

「尚成様、上友近様と朝野由直様のおいでです」

尚成は目の前の男から視線を外した。戸の向こうで、下女が呼びかけている。

尚成は兼久の絡める指をそっと解き、友人たちを迎えるために腰を上げた。

友近と由直が、寒い寒いと腕をさすりながら、部屋の中に入ってきた。二人とも、冬用の直衣に立烏帽子を被り、鼻先や頬を赤くしている。尚成は火鉢の側を二人に勧めると、彼らが持参した土産を下女に渡し、用意を頼んだ。

「兼久はいつも一足早いなぁ」

「箏の音曲が漏れ聞こえていたが、弾いたのか？」

由直が箏、兼久、尚成の順に視線を移す。

「ああ。暇をつぶすのに一曲な」

尚成は答えながら、杯に酒を注ぐ。友近、由直、兼久、そして己の順に配し、皆の前に掲げる。そしてひと息に飲み下すと、他の三人も尚成に倣って杯を呷った。

「尚坊よ。年上の俺より先に出世とは、正直、羨ましいぞ」

友近が鼻息を荒くする。由直は、「よせよせ」と首を左右に振った。

「尚成は、おまえのように手を抜くことばかり考えていないからだ」

「なにおう」

頬を膨らませ、友近は尚成の首根を摑んで引き寄せた。

「なにより、この男前を目当てに付文《つけぶみ》を頼む女房たちが寄ってこなくなるのがイタイ！」

「付文……？」

そんなもの、受け取ったことなどない。尚成が眉を顰めると、友近はしまったと言わんばかりに唇を窄めた。

「おまえ、俺の名を使って悪事など働いていないだろうな!?」

「だいじょうぶだ、使いの女房にしか手を出しておらん」

「俺には鶴姫という婚約者ができたのだ。もし何ぞ悪い噂でも耳に入ったら――……」

と言いかけて、はっとした。

女好きの友近の前でこの話題はまずかったか。と思うが時すでに遅く、友近は太く短い眉を吊り上げて「ほう」と薄ら笑いを浮かべた。

「婚約者……?」

これには由直も驚いたようで、口をつけていた杯を止める。兼久は窓際に寄りかかって酒を進めた。どうごまかしたものか尚成が二の句を継げないでいるうちに、意外にも由直が尚成の肩を叩いた。

「その話、詳しく聞こうか」

精悍な顔が優しい微笑みを浮かべて迫ってくる。その背後の異様な圧に負けて、尚成は頷くしかなかった。

下女が、炙った肴を持ってきた。それを摘みながら、洗いざらい、鶴姫との婚約の経緯を吐く。

「ふうん、なるほど」

　友近が頷いた。

「恋歌など簡単ではないか。相手の名やら、自分の気持ちやらを適当な何かにひっかけて歌えばよいのよ」

「たとえば？」

　尚成が友近を詰めると、そうだなあと腕を組み、少しの間黙り込むと、

「鶴の声　恋ふれば苦し　わが胸に　影抱くまで　死に返らまし」

　と、姿に似合わぬほど澄んだ声で歌ってみせた。

「あなたに焦がれてこの胸は苦しい、私の胸にあなたを抱くまでは、何度も死ぬことを繰り返すでしょう――つまり生まれ変わることを繰り返す……という意味だ」

「俺は鶴姫の姿はもちろん、声さえ聞いたことがないぞ」

「そこは適当でいいんだよ」

　大真面目に考えすぎるな、と、友近は大雑把に笑って見せた。

「こいつにそんな才能があるとは知りとうなかったな」

　由直が尚成に耳打ちする。尚成が苦笑すると、友近はムッとして口元を歪ませた。

「失礼な。もう教えてやらん！」

「ああ、嘘だ、嘘！」

　慌てて尚成が縋りつく。友近はフンと鼻息を鳴らして、居丈高に反り返った。

「しかし、まぁ……尚成が俺より早く出世して妻を得るとはな……」

　由直は感慨深く呟き、ため息を吐くと、

「兼久よ、おまえもよもや尚成に背中を脅かされるとは思っていなかっただろう」

と、兼久に目配せする。眼差しや言葉にわずかな険が含まれている。しかし兼久は何も答えず、静かな視線を由直に向けた。それが気に障ったのか、由直は小さく鼻を鳴らした。

「余裕そうに振る舞っているが、弟分の昇進に内心は焦っているのではないか？」

揶揄《からか》うような口調だが、声の響きに棘があった。

急に兼久に突っかかって、由直はどうしたのだ。尚成は内心穏やかでないものを感じつつ、二人の動向を見守ることしかできない。

「……それは自分のことではないのか？」

「なに……？」

兼久の言葉に、由直が眉を顰めて腰を上げた。

「おい、喧嘩はよせ」

友近が火花の気配を感じて、二人の間に割って入る。

「今日は尚成の祝いの席だぞ。兼久も、一人であまり陰気に飲むな」

そういえば、この二人が来てから兼久は何ひとつ言葉を発していない。

尚成は友近の指摘で、そのことにようやく気が付いた。この男のこういう視界の広さ、気の遣いようが女人たちに好まれているのかもしれない。

「べつに俺は、喧嘩を売ったわけではない」

由直は不満を口元に浮かべつつ、肩を竦めて友近に言い返した。が、すぐに思い直したらしい。「嫌みに聞こえたなら悪かったな」と兼久に詫びを入れた。

「冷えがきたな。樋殿《ひどの》を借りる」

由直が席を立つ。戸を開けて室から姿を消すと、友近はやれやれと言わんばかりにため息を吐いた。

「しかしなぁ。近衛府に移り、そのうえ結婚か」

思いを馳せるようにしみじみ呟き、友近は杯に酒を注いで飲み干した。

「いや、ほんと、羨ましい限り」

心からの言葉らしい。尚成が照れくさく思いながら顔を友近に向ける。彼は真顔で、空になった杯の底を見ていた。感情の抜け落ちた、空白の顔。その目には、なんとも言えない虚無のようなものが広がっている。が、それが見えたのは一瞬で、友近は再び人の好い、ひょうきんな笑みを浮かべて尚成に白い歯を見せた。

一瞬のことであったが、思わず気圧されてしまった。奇妙に湧きあがる、見てはいけないものを見た、という気持ち。

尚成はぎこちなく笑いながら、空になった皿に気が付いて厨《くりや》に立とうとした。

「――帰る」

兼久がすっくと立ち上がる。

まだ宴が始まって、間もない。酒も余っている。とくに兼久は、杯を二、三杯呷っただけのようである。

「どうした？　気分でも悪いのか」

尚成が慌てて側に寄ると、彼は否と答えた。

呆気にとられる尚成を置いて、兼久は物言わず部屋から退出する。

「二人のことはそっとしておいてやれ」

友近が言って、太く短い指で手酌を始める。

「由直はあれで次の昇進の筆頭と言われておったのよ。期待が外れて拗ねているのさ。元々兼久と張り合うところがあったが、今日のは八つ当たりだな。今夜は二人、顔を合わせていない方がよいかもな」

そうだったのか。

尚成は己の鈍感さを恥じた。

由直が席を立ち、兼久が去った部屋は、暖められてはいるがどこか寒々としている。

妙な空気になってしまった。鶴姫とのことは伏せておいた方が良かっただろうか。

――俺はいつも何かひとつ抜けているか、余計かだ。

自己嫌悪の情が、腹の底から湧きあがる。

「なぁに。おまえが気にすることじゃない。さて、俺にも箏の腕前を披露してくれよ」

静寂を埋めるため、尚成は箏の側に座った。弦をつま弾く。胸のざらつくような心地など知らぬ素振りで、晴れやかに美しく弦が響いた。

友近に指摘を受けてばつが悪かったのか、由直は樋殿から戻ることはなく、友近も箏を一曲、二曲ほど聞いて帰ってしまった。ほろ酔いの上機嫌であったが、顔色を見るに、そのように振る舞ってくれたのかもしれない。

部屋に戻り、寝間着に着替え、夜具の中に潜り込む。

今日のようなことは、今までで初めてだ。兼久は寡黙な性質であるから、いつも通りであったが、由直は普段嫌みなど口にすることはない。朴訥《ぼくとつ》で気持ちの良い男である。

――由直はあれで次の昇進の筆頭と言われておったのよ。期待が外れて拗ねているのさ。

俺は、由直に悪いことをしてしまったのだろうか。

ならば、己の昇進を由直に譲ってやれるだろうか。

由直に悪いからと、鶴姫との婚姻を辞退できるだろうか。

答えは否であった。

それらは、由直からかすめ取ったものではない。尚成が努力した結果として得たものである。

「むつかしいものだ」

尚成はひとつ唸る。

けれど、自分たちにはかたい友誼がある。だからきっと大丈夫だ。明日にはきっと、元に戻っているはず。

そんなことを考えながら、尚成は瞼を下ろした。

＊

鶴姫と、初めて会う日が来た。

結局、友近に教わった歌を紙に書いて袖に忍ばせた。何度も復唱して頭に叩き込んだつもりではいるが、万が一のためだ。

拳を固めて気合いを入れる。心臓がいつもより大きく鳴っている。

牛車に乗せられ、尚成は揺られながら道を進んだ。御簾《みす》の隙間から覗くと、星が美しく瞬いている。月の冴えた、良い夜だ。

（もし、イヤだと突っぱねられたらどうしよう）

友近のように恋歌の才なく、気取ったことを言える性分でも、女人への気遣いができる方でもない。正直、顔だって、悪くはないが良くもなく、兼久のような華のある美丈夫でもなければ、凛々しく頼もしさの漂う由直のようでもない。尚成にあるのは生真面目さや実直さといったもので、それが女人にとってどう評価されるものかも分からない。

自分の夫は自分で人となりを見て確かめると、これこれいついつに会いに来いと言うくらいなのだから、鶴姫にもしっかりとした好みがあるのだろう。

考えれば考えるほど、みるみる自信がしぼんでいくのが分かる。緊張で握りしめた拳が色を失くしていた。

「つきました」

付き添いの者が、車外から合図する。喉が渇いて、「おう」と答えた声が掠れていた。

屋敷に人の影はない。鶴姫の家の者も、すべての事情を知らされているのだ。道案内の者も鶴姫の家の使いの者なのだから、この妻問《つまど》いは公然のものなのである。

西の対《たい》に鶴姫はいる。緊張しながら、足を進める。部屋から、薄く橙色の明かりが漏れている。

鶴姫はあそこだ。尚成は心臓が耳に生えたように感じつつ、御簾の前に進み出た。御簾の向こうに、屛風《びょうぶ》の影が浮かび上がっている。火を灯した燭台《しょくだい》が、闇の中にとろけるような光を放っていた。

「わ、私は清川尚成。あなたは鶴姫殿ですね？」

思わず噛んでしまった。ひと息に言ったものだから、まくしたてるような口調になる。恥ずかしさか緊張か、頬が燃えるように熱い。

「鶴の声　恋ふれば苦し　わが胸に　影抱くまで　死に返らまし」

恋歌の作法もなにもあったものではない。

唐突に詠まれた歌に、御簾越しの姫は黙して語らず、静寂が落ちた。

これはもしや、しくじったか。尚成が汗を額に感じた時、恐ろしいほど大きく盛大なため息が漏れ聞こえてきた。

「その歌、わたしのお付を口説いたやつが考えたものね」

ぎょっとした。

御簾の向こうの屛風から黒い人影が伸びて、つかつかこちらへ寄ってくる。御簾に指をかけると、吹き飛ばすほどの豪快な仕草でめくり上げた。

「使いまわしの、それも他人の作った歌を寄越すとは良い度胸だわ」

心臓が止まった。呼吸《いき》も止まった。

月も霞むような白い肌。闇より深いぬばたまの黒髪。額の高くに殿上眉《てんじょうまゆ》があり、その下には勝気な眼が輝いている。

尚成が尻もちをついて姫を見上げていると、

「なによ」

と、猫のように大きな目を細める。

「あ、いや、その」

ようやく尚成が何か言葉を音にできた時には、鶴姫はすっかり興が削がれたようで、腕組みしながら口先を尖らせている。

「いい歌が思いつかないなら、それはそれなりに誠意を見せてほしいものだわ。使いまわしの心無い言葉で口説かれる屈辱、あなたに分かる?」

「も、申し訳ない!」

友近のやつめ。恨み言を吐きたいが、吐ける立場ではない。尚成は床に額をぶつける勢いで頭を下げた。

「三日三晩考え抜いたのだが、どうしても言葉が浮かばず……」

「あのねぇ。歌の才がないなら、笛でも琵琶でもなんでもあるじゃない。そういうので表現するってこともできたでしょうに。得意なんでしょ？」

「あ、なるほど……！」

その手があったのか。

尚成が額を擦《こす》りつけていた床からパッと顔を上げる。それから、あることに気が付いた。

「なぜ、俺の得意を？」

姫君は気分を害したのか、唇をさらに尖らせて、つんと鼻先を上向ける。尚成はまた、慌てて額を床に擦りつけた。

「先日、大内裏の詰所で女房のぶちまけた荷を、雨に濡れて木の葉まみれになって拾い集めていたわね」

尚成は固唾《かたず》を呑んだ。

「そのあと得意げな顔で手を振っていたけれど、そうとう間抜けだったわよ。だいの大人なのだから、身なりにはお気を付けあそばせ」

冷や汗が出る。なぜ、出会ったこともないこの姫君が、俺の様子を見てきたように語るのか。

「その話、いったい誰から……」

恐る恐る顔を上げると、目と鼻の先に白くて小さな顔が浮かんでいた。

「わたし、その場にいたのよ」

にいっと口角を上げて、姫は笑った。

「大内裏にこっそり忍び込んでね。あなたの後を付けて、お付の者に命じて荷をぶちまけさせてみたの」

お付の者に、荷をぶちまけさせて――ということは、あの日のあの女房は、鶴姫の。

そこで気が付いた。

そういえば、藤原吉野様との面談の帰り、女房の側にあった童の影。

「まさか、あの時俺を睨んでいた童は姫？」

尚成の推測に満足したのか、鶴姫は袖の下で鈴のように笑った。

「そりゃあ、調べるに決まってるじゃない？　未来の夫なんだもの。ろくでもない男なら、断ってやろうと思って」

「人を試すなど、そのような話、聞いたことがありません……！」

「そのご立派な冠を載せる頭は飾り？」

「ま、まさか！」

咄嗟《とっさ》に尚成が返す。

鶴姫はにっこり笑った。まるで月のように清楚な容姿から、花の咲くほどの可憐な笑み。

「わたしの頭も飾りじゃないのよ。夫とする男の可否は、わたしが決めるの」

そう言って姫は尚成を招き入れると、自分の真向かいに座らせた。彼女は肘掛けに肘をついて、可愛らしい目元を細める。

尚成は注がれる視線に顔が熱を持つのを感じながら、居心地の悪さに尻をむずつかせた。

「それで、あなたはどうして、わたしの侍女がぶちまけた荷物をわざわざあんなにしてまで拾ったの？」

「え……？」

ほうっておいても、侍女はやがて荷物を拾いきることができただろう。わざわざ雪混じりの雨の日に、地べたを這いつくばってまで人助けをする義理はなかった。ほうっておいても良かったのに、なぜ尚成はあそこまでして侍女を助けてやったのか。鶴姫はそう言って、じっと尚成を見据えた。

尚成は答えに窮した。

そんなことを聞かれても、答えようがない。答えがないのだ。ただ目の前に困っている者がいて、自分はそれを助けることができた。だからそうしただけのことだ。あとになって身なりの乱れを指摘されて恥ずかしい思いをしたが、それとこれとは全くの別問題である。

それをどう説明して良いものか。言葉を探して、尚成は視線を彷徨わせる。鶴姫は急かすこともなく、ただじっと尚成を見つめている。その目は尚成の一挙一動を見逃さず、その耳は尚成の言葉ひとつ聞き漏らすまいと研ぎ澄まされているようで、尚成の額にいやな汗が浮かんだ。

まるで閻魔大王に尋問されているような心地だ。

「困っていたから……」

長い間思案して、ようやく出た言葉がそれだった。

「あの女房が困っていたから、というだけでは、駄目でしょうか……」

尚成の答えを聞いて、鶴姫は笑うでも呆れるでもなく、「そう」と頷いた。

「やっぱり、そんなところだと思った」

言って、鶴姫は香炉の側から手毬を手繰り寄せ、胸元で軽く弄った。白い手毬に、水色や桜色や金色の糸で可愛らしい模様が施してある。彼女はそれを、唐突に尚成のもとに転がした。

「それに、見覚えがない？」

「この手毬に？」

尚成は訝しみながら、手毬を持ち上げる。見たことがあるような文様だ。そしてふと、あることを思い出した。

以前、どこかの姫君の放った手毬が池に浮いて取れなくなったことがある。たまたま居合わせた尚成が、親切心から手毬へと身を乗り出して、誤って落ちて水浸しになったという同僚たちの笑い話であるのだが。

「それ、わたしのものなの」

「なんと、そうだったのですか……」

と、いうことは、あの恥ずかしい姿を見られたのか。

なにせ尚成は泳げない。情けない悲鳴をあげて、ひいひい岸までたどり着いた時のことを思い出し、猛烈な羞恥心が湧きあがった。

「どんくさくて間抜けな男と思ったけれど、男はそれくらいの方が可愛いっていうものね」

くすくすと耳がくすぐったくなるような声を立てて、鶴姫は笑った。

「あなたの話、もっと聞かせなさいよ」

尚成よりいくつか年下の姫君だが、まるでずっと年上であるかのようなもの言いだ。しかし鶴姫の目は好奇心に輝いている。尚成はせがまれるまま、夜の更けるまで身の上を語り明かした。

「次は半月の夜にいらっしゃい」

帰り際、鶴姫が尚成を見送りながら口にした。

どうやら、気に入ってもらえたらしい。尚成は徹夜の眠気も忘れて、どぎまぎしつつ、頷く。

――またね。

朝日の下で手を振る鶴姫は、名のごとく、白い肌と黒髪の美しい娘であった。

その日、出仕すると、目の下の隈を友近と由直にからかわれ倒したが、尚成にとってはその言葉さえも夢見心地で、ふわふわと幸せの頂点にいる気がした。

次の半月。その日が待ち遠しい。

浮き立つような酩酊感と期待に、尚成は戸惑いながらも、心弾むのを感じていた。

＊

――ズル。

ある夜、聞き慣れぬ物音に、尚成は目を覚ました。

鳥のさえずりがない。夜明けはまだのようだ。

ズル……。

音が聞こえる。

夢うつつではあるが、確かに聞こえる。重いものを引きずっているような音だ。

尚成はその気配を探ろうと精神を研ぎ澄ます。まだこの部屋から遠い所にいる。おそらく寝殿の方だ。

これは、何かが床を這っている。重量があり、そして長いもの……たとえば、巨大な蛇のような。

誰かが襲われては大変だ。追い払わねば。

寝床から身を起こそうとして、次の瞬間、尚成は息を詰まらせた。体が動かない。どれだけ頭の中で念じても、指先ひとつ動かないのである。

ズル……。

何かが方向転換をしたのが分かった。廊下の突き当たりを曲がり、こちらへ向かってくるつもりだ。

戦慄《せんりつ》した。なぜかは分からないが、それの目的が己であることを、尚成は感じ取っていた。

正体は分からないが、良くないものが来る。俺を目指して床を這い進んでいる。尚成は頭の中で叫んだ。必死に体を動かそうとすればするほど、息苦しくなっていく。

ズル。ズル。音が近くなる。それの息遣いまでが聞こえる気がする。

これは夢だ。悪い夢に違いない。早く目覚めなければ。何かがここにたどり着く前に。

(早く、早く目覚めろ、早く!!)

悲鳴をあげて、尚成は飛び起きた。

じっとりと背中に汗をかいている。蔀《しとみ》から僅かな朝日が差し込み、小鳥の声が漏れ聞こえた。尚成は縋るような気持ちで、蔀を開けた。

東から届く、鮮烈な光。白む夜空が、朝の訪れを物語っている。無邪気に羽ばたく小鳥の影が、視界の端を横切った。

心底の安堵にため息を吐いた。

手足は自由に動く。息苦しさはない。やや倦怠感《けんたいかん》は残っているが、夢見が悪くて気が休まらなかったせいだろう。

静謐《せいひつ》な朝の空気を吸い込むと、尚成に残った悪夢の残滓《ざんし》が清められていく。

きっと、昨日の酒が強かったのだ。それが、妙な夢を見せたに違いない。尚成はそうたかをくくった。

着替えを手伝ってくれる者たちが来るまでに、顔を洗おう。汗でぬめった首周りや胸元も、軽く拭いておきたい。

廊下に面した戸を開く。その時、下女の悲鳴が耳に届いた。

何事かと思い、慌てて声の方を目指して走る。廊下の角を曲がり、真っ直ぐ進んだところで、下女が腰を抜かして倒れ込んでいた。

「どうした」

下女に駆け寄り、抱き起こしてやると、彼女は震える指で床を示した。

「これは……」

汚泥だ。床一面に、それはいくつもの筋状になってこびりついている。床のみならず、壁の下方、床に面するあたりにも及んでいた。まるで、のたうった跡のようだ。

固唾を呑む。

昨夜、夢で気配のあったところではないか？

尚成は腰を上げ、跡を追った。それは庭に面した階段のところから始まり、寝殿の廊下で途切れていた。

庭には、少しも濡れた形跡や泥の跡は見当たらない。昨夜、雨は降らなかったから地面も濡れてはいない。尚成はひと通り辺りの様子を探ってみたが、犬猫の足跡ひとつ見つからない。通りに面した門は固く閉ざされ、何者かが押し開けたような形跡はない。

　しかし、寝殿の階段の一段目から、汚泥は付着している。確かに、何かがここから這いあがってきたのだ。

　いったい何が。尚成は腕を組み、考え込んだ。

　結局、あれは野良犬の仕業であろうということで片が付いた。

　家人たちは朝から総動員で床や壁をふき取り、昨夜の戸締りが甘かったのだということで、貴嗣が家人らに厳重注意をし、妻である治子にも気を付けるようにとしっかり言づけて落ち着いた——ということになっている。

　しかし、尚成は腑に落ちない。家人や、父母とても、納得してはいないはずだ。とにかく、みな、不気味な現象の答えが欲しかった。なるべく現実的で、不気味ではなく、『ありえなくもない』と思えるような答えが。それが『野良犬』であっただけだ。

「難しい顔をしているな」

　誰かが尚成の肩を叩いた。顔を上げる。形の良い鼻に、細く長い眉。兼久だ。

「おう……ちょっとな」

「珍しいこともあるものだ。腹でも痛いか？」

「失礼な」

　鼻を鳴らすと、兼久はまたささやかに口元に笑みを浮かべた。

　尚成は、武具の手入れ途中で止めていた手を動かし、弓箭を手に取った。じっと矢羽の鷹羽《たかは》模様を眺め、兼久に話してみようか考えて、止めた。人に聞かせて、いい顔をされる話ではない。

「ただの寝不足だ」

「鶴姫殿への歌でも考えていたか？」

からかうような言葉だが、その声色は柔らかく、穏やかだ。兼久のことだから、本当にそう思っているのだろう。

詰所の端、軒の角下から仰ぐ空は薄く青い色をしている。

鶴姫への恋歌に悩んでいる。兼久の前では、そういうことにしておこう。

尚成は整え終わった矢を矢筒に納めて、兼久に笑顔を向けた。

「まぁな」

「それは幸せそうで結構なことだが、十日も経てば内裏に移る。粗相のないようにな」

兼久の言葉に、尚成は小さく頷いた。

しかし、奇妙な出来事はその一件で終わりではなかった。むしろ、始まりであったと言っていいだろう。


——またか。

尚成は暗い部屋の中、目を覚ます。

金縛りだ。目を覚ましているのか、そう感じているだけなのかは分からないが、意識だけはしっかりと覚醒している。

最初の異変からすでに三日が経ったが、やはり三夜とも、この異変に見舞われている。

ズル――。

何かを引きずるような音。

また、寝殿に何かがいる。尚成は鉛のように重たくなった己の肉を感じながら、耳を澄まし、気を尖らせた。

暗がりの中を、それが這い進んでいるのが分かる。異様な圧だ。

ズル。ズル。ズル……。

いつもよりも、それの存在を近く感じる。凄まじい圧を覚える。これは視線だ。何かに視《み》られている。見つめられている。それを、吐息が当たるほど近くに感じる。

これは犬の視線ではない。もっとねっとりとした、的確な意志を持つ者の眼差しだ。

心臓が早鐘を打った。

尚成は必死に眠ろうとした。起き上がることも、叫ぶことも、逃げることもできないならば、このまま眠ってしまった方がどれだけ良いか。

(眠れ、眠るのだ。眠れ、俺……)

念仏のように心の中で唱える。意識を内側に集中させて、外側の情報をすべて遮った。

このまま、眠りの底へ。底へと落ちていこう。安全な朝が来るまでは――。

やがて朝になり、尚成は寝床から這い出した。泥のように重い体を起こし、戸を開け、痕跡を確かめに、寝殿の方へと向かった。

廊下の床一面、筋を描く泥で汚れている。

尚成の部屋の手前まで、その泥の形跡が進んでいる。つまり、何かが寝殿から渡殿を這い進んで北対まで入り込んできているということだ。

尚成はしゃがんで、その形跡を手に掬ってみた。ねっとりとした泥が、指の間から重たく垂れる。その中から数本の髪が絡んできた。

驚いて手を引っ込める。べしゃ、と、それは音を立て落ちた。

人間の頭髪だ。根元付近に白い付着物があり、つい今しがた頭皮から力任せに毟り取ったような生々しさがある。

腰が抜けた。

間違いない。犬や猫ではない何者かが、この屋敷の中に侵入している。

「どうした、尚成！」

貴嗣が駆けつける。続々と家の者たちも集い始めた。

尚成の腕を持って立たせ、貴嗣は深刻な表情を作った。

家人たちは女も男も顔を青ざめさせている。治子はよろめいて、側にいた下女の方へ倒れ込んでしまった。

「昨夜も、数人がかりで戸締りの確認をしました……」

「分かっている」

貴嗣は家人を責めることなく、そう言って頷いた。

「おまえたち、片づけの準備をしなさい」

貴嗣が的確な指示を出す。下女は数人がかりで治子を部屋へと運び、男たちは清掃のための道具を取りに散っていった。残った者は台所で熱い湯を沸かすと言い、それぞれの持ち場に就いていく。

「おまえも、早く支度をして行きなさい」

呆然と突っ立ったままの尚成に、貴嗣が目を向ける。尚成はまだこれが夢か現か分からない気持ちで、尋ねる。

「父上、これはいったいどういうことなのでしょう……」

「分からん」

貴嗣は短く答える。その言葉には有無を言わせぬ力強さがあり、尚成はそれ以上何も言えず身支度を始めた。

もしや、我が家に鬼か物《もの》の怪《け》が棲み着いているのではないだろうか。そう思うと、馴染んだ屋敷が途端によそよそしく禍々《まがまが》しいもののように思われてくる。朝のうちから、屋敷に帰ることが憂うつに感ぜられた。できれば当直に当たりたいが、そういう時に限って当たらないものである。

いつも通り大内裏の巡回に出、詰所で会議をし、倉庫の武具を整え、馬の様子を見て夕方の巡回に出れば、空は暮れなずんでいる。

「どうした。このところ、ずいぶん暗い顔をしているぞ」

さては鶴姫殿にふられたか、と、友近が愛嬌のある笑みで尋ねた。

尚成は重い気持ちで首を横に振った。

「ちょっと妙なことが起こってな」

「妙なこと？」

退庁時刻が重なったため、尚成は友近と共に朱雀門を出た。歩きがてら、ここ最近の奇怪な現象を話して聞かせる。友近は丸い顔に真面目な表情を浮かべ、低く唸った。

「鬼の仕業とあっては、その道のものに頼むしかあるまいなぁ」

「その道のもの？」

「陰陽寮の者だ。俺はまだ会ったことはないが、やつら、鬼や妖や物の怪と渡り合って成敗してくれるらしいぞ」

確かに友近の言はもっともだ。唐の国より渡りし陰陽五行を極め、天文、歴数に依って吉凶、禍福を占う者たち。彼らによって、この都は災いをもたらす魑魅魍《ちみもう》魎《りょう》から守護されている。

「とはいえ、俺のような者の話を聞いてくれるかな」

陰陽寮は中務省《なかつかさしょう》であり、尚成の属する組織とはまた色が違う。

「まぁ——確かに……」

お高く留まった連中、とは、友近の主観であるが、彼の話に聞くところ多少気取った部署ではあるらしい。

「寺の坊主にも法力はあるというぞ。よほど困っているのであれば、寺に逃げ込んで泣きつけばいい」

友近の調子は、慰めるというよりは、面白そうだ。尚成はそんな友近の様子に、不思議と気持ちが軽くなった気がした。

一緒に落ち込むより、こうして明るく笑ってくれると、いくらか気持ちが楽になる。

「そうか……。そうだな」

その道のことは、その道のものに。

帰ったら、父上に相談してみよう。きっとなにか手を打ってくださる。

尚成の重かった足取りが、少しだけ軽く前に踏み出した。

屋敷の屋根が見えてきた時、尚成の足がふいに止まった。

門の前に家人たちが立ち並び、中を覗きこんでいる。尚成は訝しく思いつつ、家人の一人に尋ねた。

「何をしているのだ？」

「それが……貴嗣さまが……」

「父上が？」

「陰陽師を連れてお帰りになって。屋敷の中を見たいから、わたしらに外に出るようにと」

尚成が考えていたことは、貴嗣も考えていたらしい。尚成は「ほう」と零し、家人たちを押しのけて前に進み出た。

ちょうど寝殿のところに、貴嗣の姿がある。その陰に、白い着物の裾が見えた。面長の、目も顎も細い男だ。頬がこけていて、烏帽子からこぼれたおくれ毛が妙に辛気臭い印象を漂わせる。

男は尚成に気が付いて、軽く頭を下げた。尚成も慌てて背筋を伸ばし、頭を下げる。

「私は陰陽博士の久川信頼《ひさかわのぶより》と申します。御父上殿には大変お世話になっておりまして」

と、低いがどこか細く頼りない声で挨拶をする。尚成も慌てて自分の名と身を明かし、謝辞を述べた。

これが陰陽寮の、陰陽博士か。尚成は、旅先で出会った物珍しいものを見る心地で、久川を見た。しかし男はどこにも、魑魅魍魎に立ち向かえるような道具を携えてはいない。矢も太刀も帯びず、丸腰と言っていい。

これでいったい、どう魑魅魍魎どもに対処するというのだろう。

尚成の視線に気付いた久川が、困ったように眉を下げて微笑む。尚成は慌てて視線を逸らした。

「お話によると、どうやらこの敷地の土の気と水の気の配合が乱れているようですねぇ」

尚成は久川の言葉の意味が分からず、貴嗣は訝しげな表情を浮かべた。

「最もよい状態というのは、その土地の火気、水気、木気、金気、土気の五行の気というものが、それぞれ調和して存在している状態なのです。たとえば——あれ、あのお庭のように」

久川はそう言って、庭を指さした。

「池も、石も、木も、花も、それぞれ調和をもって場を作っていますね」

自慢の庭を褒められて、貴嗣は少し誇らしげに頷いた。

「しかし、大雨が降り続き、池の水が溢れだせば、どうでしょう？」

久川の問いに、尚成は考える。

池の水が溢れだせば、土と混じって泥水となり、周囲に押し寄せる濁った水は植えられた花を根から腐らせ、庭はめちゃくちゃになってしまうだろう。

「調和が崩れる……」

尚成の呟いた一言に、久川は頷いた。

「そうです。あのお庭のように形があれば、何かが乱れれば目に見えます。しかし気というものは目に見えません。けれども、ひとたび乱れれば必ずや異変をきたします」

「それが、今回の一件であると」

貴嗣の言葉に、久川は神妙な顔で頷いた。

「幸い、この家の敷地にも家屋にも、呪詛の類の痕跡は発見できませんでした。おそらく、何かしらのきっかけで、五行の気が乱れてしまったのでしょう」

「その何かというのは？」

尚成が尋ねる。

ここ最近、特別変わったことなど何もなかった。いつも通りの毎日であったはずだ。

「申し訳ないのですが、そこまでは……。この家に原因があるとは限りません。どこかで気の流れが変わってしまったということも考え得るからです。たとえば、この家の北――つまり水を司る方角の先で、水の気を増強する事変が起これば、ここに直接的な変化はなくとも、否応なく異変の余波を受けることになる」

「その場合、うちだけではなくよその……たとえば御所の方にも影響が現れるのでは？」

尚成の思い付きの言葉に、久川は「そうですねぇ」と顎を掻いた。

「家屋の造りや、置物の配置、お庭の造形によっても、受ける影響というものは変わります。ここでそういった異変が現れたから、よそでも必ず同等の何かが起こるとはいえないのです。たとえば、御庭の池は水気ですね。水気は、火気を抑え、木気を強めます」

講義じみてきた。久川はそれを好む性質らしくだんだんと舌が滑らかになっていく。

「調和状態であるところに、さらに水気が強く加われば、土を侵し、木を腐らせ、台無しにしてしまう。しかし、もともと池のない御庭であればどうでしょう。水気の弱い土地で、さらに水気が加わったとしても、池のあるお庭より受ける影響は少ないと思われませんか」

なるほど、と、尚成は唸った。

「陰陽道とはもっと荒唐無稽《こうとうむけい》なものかと考えておりましたが、道理にかなったものなのですね」

尚成の言葉に、久川は満足げに笑った。

「風は目に見えませんが、木の葉の揺らぎや木枯らしを鳴らす音でその存在を視ることができます。我らが扱うものは、そういったものなのです」

「では、此度の件はなにを意味するのでしょうか」

「水気が強くなり、相克《そうこく》関係にあるはずの土気を侮っているのやもしれません。一度土気を強め、水気と拮抗させてみましょう」

本来、水気を剋《こく》するのは土気である。土気を増強させるためには、相生《そうしょう》にある火気のものを配置するのが良いという。このお家の配合を整えてやりましょうと言って、久川は池の土手に朱色の社を構え、赤や朱色のもの、苦みのあるものを供えるよう言づけた。

貴嗣は重々の礼を久川に述べ、尚成は彼が大通りに出るまでしっかり見送った。

「お忙しい身の上であるのにもかかわらず、御足労いただきありがとうございます」

尚成の言葉に、久川は首を横に振った。

「あなた様のお父上にはとてもお世話になっておりますので、この程度のこと大したことではありません」

そう口にした久川の声は柔らかく、尚成は彼の目元に笑い皺が浮いていることに気が付いた。福相ではないが、大らかな性質の男らしい。尚成はこの男のことが好きになった。

陰陽寮の人間は気取っていると友近が言っていたが、久川は違うらしい。嫌みな様子はなく、気取ってもおらず、言動に落ち着きがあって博識だ。そんな人が父の知り合いであり、そして父を評価しているということに、誇らしさが湧いてくる。

家に戻ると、さっそく鳥居を作っているところであった。朱色のものはすぐには用意できないが、応急処置として木製の鳥居を作り、厨では女たちが苦いものや赤い色の食材を用いて供え物を作っている。

そうして、池の土手には簡易な鳥居と、人参の煮物、川魚、あく抜きをしていない山菜が供えられた。

その夜、怪奇は起こらず、尚成は数日ぶりの安眠を得ることができたのだった。

それが収まると、次に待っているのが慶びごとであった。

同僚たちに惜しまれながら、内裏に就任。新しい袍を纏い、手入れし直した武具を携えて踏む白砂は美しく、胸がすく思いがした。

今までの暗く奇妙な出来事が嘘のように、晴れやかな気持ちでいっぱいだった。

次いで、待ちに待った鶴姫との逢瀬である。

その日は、以前聞かせてほしいとねだられた琵琶を持ち込み、披露してみせた。気恥ずかしかったが、それでも姫は喜んで、尚成が家に戻るころ、

「夜通し琵琶のお手前を披露してくれたけれど、わたしに指ひとつ触れようとは思わなかったの？」

と、唐突に問うた。

指摘されて、尚成は戸惑った。

正直な所、琵琶に夢中になっていた。それに鶴姫も喜んでくれるものだから、彼女を喜ばせたいという一心で、ますます夢中になって弾いていた。気が付けば夜更け前というところだ。

「その、俺は……そんなつもりでは……」

「あら。あなた、妻問いに来ているのではなかったのかしら？」

「そ、それはそうなのだが！　今日はただ、琵琶を聞かせて差し上げようと……」

尚成は項垂れる。

今まで女人と触れ合う機会がなかったとはいえ、あまりにも自分は繊細さに欠けている。

しどろもどろに答える尚成を見て、鶴姫は口元に袖を押し当てて笑った。

「ふふ。ちょっと苛めすぎたかしら」

「鶴姫？」

「あなたの音曲、これから毎日聞いてあげてもいいわ」

と、少しだけ頬を染めて言った。

――それは、つまり。

ああ、俺は幸せの絶頂にいる。尚成は心底、思った。

しかし幸福というものは長続きしないらしい。


それから数日経ち、正式に夫婦となる夜。

尚成は湯あみし、身なりを一層整え、鶴姫の屋敷に向かった。

いつも通りの路を、いつも通りに進み、いつもの裏口に車を停める。姫のいる対に明かりが灯り、尚成の訪れを待ちわびている。

鶴姫のことを思うと、胸が高鳴り、とろけるような、甘くて切ない痛みを覚える。

「鶴姫殿、お待たせいたしました」

尚成は深々と御簾の前で頭を垂れ、彼女の返事を待つ。だが、返事がない。

「鶴姫?」

聞こえなかったと思い、声を大きくして呼びかける。が、沈黙ばかりである。

姫も緊張しているのだろうか。心が決まらずにいるのだろうか。男の俺でも、こんなに気もそぞろになって心乱しているのだから、姫ならばさもありなん。

彼女の心が決まるまで、ここで待っていよう。

尚成はそう誓い、じっと待った。

待って、待って、待った。

月が中天を過ぎ、草木も眠り出したころ、ようやくその沈黙に異変を感じはじめた。

「……姫、大丈夫ですか」

やはり返事はない。

返事がないのではなく、よもや返事ができないのではないか。尚成の脳裏に、床に倒れた鶴姫の姿が過った。

いやな汗が流れた。

「入りますよ。いいですね？」

御簾に手をかける。そうっと捲り、念のため帯刀していた小刀の柄に指をかけた。

屏風の向こう側を、恐る恐る覗きこむ。一歩足を前にして、水溜まりを踏んだ。

「鶴姫殿」

袴が濡れて、裾が重くなる。視線を落とせば、血の池が広がっていた。

その陰惨な光景に、尚成は我が目を疑った。

燭台の柔らかい明かりの中、人の手足のようなものが部屋中に散らばっている。

美しい黒髪をした頭が床に転がり、きれいな着物が血に染まり、紅の海に浮いている。

尚成は目の前の光景を信じられないまま、転がっている首に手を伸ばした。

指先が震える。伏せられた女の頭を、そうっと転がす。燭台の灯りに陰っていた顔が、その容貌を明らかにする。

殿上眉の下の、大きく円らな目。つんと上向いた鼻先。肉厚で小さな、愛らしい唇。見間違えようもない、花の顔《かんばせ》。

勝気な瞳の輝きは失せ、彼女の眼はただ虚空ばかりを映している。紅を引いた唇は乾いてひび割れ、頬は冷たくなっていた。額に、乱れた髪が数本掛かっている。薄い水晶の破片のようなものが、耳の付け根に張り付いていた。それが血の気のない肌にきらきら輝いている。

「つる……姫……」

尚成は絶叫した。

喉が焼けるように熱い。声が掠れる。

尚成の喉から発せられるそれが言葉なのか叫びなのか、分からない。姫の首をかき抱き、腰をくの字に折って叫び続けた。

人々は獣か人かという声に驚いて、瞬く間に近くの家々に明かりが灯った。騒がしく足音が響き、松明を持った家人らが姫の対に駆け込む。

その場を見た者はみな息を呑み、慄いた。

血の海に男がひとり、婚約者の首を抱いて泣き叫んでいる。美しく誂えた衣は血を吸いあげて染まり、周囲には女の手足が飛び散っている。衝立の側には、どす黒い単衣が、僅かに盛り上がっている。

餅を載せたお膳。三日餅《みかのもち》の結婚の儀式の用意だ。傍らには尚成と鶴姫の出会いを呼んだ愛らしい手毬に、白檀の香が白い筋をたてて立ち上っている。

めでたき場に似つかわしくない、この陰惨な光景。深い夜の中、誰もが呆然として立ち尽くしていた。

ふいに尚成が立ち上がった。対を出て庭に立ち、刀を抜いて庭の植栽をめったやたらになぎ倒す。獣のような雄叫びを上げ、宙も地もお構いなしに切りつける。

「誰だぁ、誰だぁああ!!」

姫を殺《あや》めたのは、誰だ。

正気を失ったかというばかりに叫び、吠える。

その後、尚成は駆けつけた検非違使らによって押さえられ、捕らわれた。

＊

尚成は抜け殻のようにうつろな目をして、庭を眺めていた。

鶴姫の惨殺事件から、五日が経っていた。

あの夜。取り乱した尚成は、駆けつけた検非違使に捕らえられ、その後取り調べを受けた。

検非違使は、尚成が衛門府と兼任していた部署である。顔見知りも多く、縄に就いた尚成を見て、彼らにも動揺が走った。尚成に随行していた者の証言、その夜の勤務に当たっていたのが由直であったことも大きく影響し、鶴姫の両親の意向もあって、取り調べの後、尚成は屋敷に戻された。これは非常にまれで、寛大な処置であった。

日頃の尚成を知る者たちは、彼が人殺しをする人間だとは到底考えられなかったし、下手人としては取り乱し方が尋常ではなく、なにより、鶴姫の殺害現場が並みのものでなく、およそ人の所業とは思われなかったからでもある。

三日餅の用意が整い、鶴姫が対に移ってから、物音をたてることも、悲鳴をあげさせることもなく人体を捩じり切った荒業。また、肌の柔らかい部位には荒縄のような痣が残っていた。これは鬼か物の怪か、人ならざる者の仕業に間違いあるまいと、みなが恐れおののいた。

一方の尚成は、激昂から一晩経って落ち着いてみると、もう魂の抜けたようになって、何を問われても「分からない」とだけ答え、食事もとらず、壁際に寄りかかって、ぼうっと虚空を眺めて過ごすだけであった。

それは家に帰されてからも変わることなく、灰のようになって、朝から夜までずっと庭を眺めているのだ。

尚成を支配しているものは、虚脱感であった。

夜具から起き上がるのも、ものを口に運ぶのも、言葉を発するのでさえ億劫で、このまま干からびて消えていけるならどれほど良いだろうと、心の底から願っていた。

ものは食わずとも、涙は溢れる。瞳が枯れ果てると次は虚無感に呑まれ、また涙が溢れる。

鶴姫。可愛い人。愛しい人。我が妻となるはずの、可憐な娘。

彼女の無残な亡骸《なきがら》を目の当たりにしたのにもかかわらず、尚成の胸に蘇る姿は、愛らしく活き活きと語り合った彼女のままであった。

尚成は小鳥のさえずる枝を、眺めるでもなくぼんやり見ている。また不意に、彼女の顔が浮かんだ。鶴姫は、笑顔だ。きらきらした目をしている。あのような死に顔まで見たのに、尚成の想う鶴姫はいつも笑っている。

憎い。鶴姫を殺した者が憎い。憎くてたまらない。尚成は歯を食いしばって泣いた。昏の隙間から、うめき声が漏れる。体をおりまげ、床に額を擦り、拳を固めてすすり泣いた。

――たかなり。

誰かが尚成を呼んだ。

顔を上げる。廊の方に目を向ける。

戸の隙間から、顔が覗いている。それは異常なほど背が高く、そして異常なほど白かった。面のようにのっぺりとした顔立ちだが、落ちくぼんだ眼窩《がんか》の奥で、冷たい目が笑っていた。尚成の無様さが愉快でたまらないという、嘲りと喜悦の入り混じった色を浮かべている。

――こいつだ。

尚成は本能的にそう感じた。

我も忘れて跳ね起き、ひと息に戸を開く。しかしそこには何者の姿もなかった。

音ひとつない不気味なほどの静寂に、総毛立つ。

間違いない。あれの、物の怪の仕業だ。

「父上、母上、陰陽師を……久川殿を呼んでくれ!!」

物の怪だ。物の怪の仕業だ。

尚成は必死に叫んだ。廊を走り、一刻も早く誰かに報せようとした。が、慌てて飛んできた家人たちは尚成を取り押さえ、落ち着いてくださいとなだめすかそうとする。

「大丈夫です、尚成さま！　ここに怖いものは来ません。私たちがお守りします！」

違う。違う。そうではない。退治せねば。あれを討って、姫の仇を取るのだ。

尚成の訴え虚しく、寝室に押し込められる。戸を閉ざされ、閉じ込められた。

尚成は必死に戸を叩き、訴え続けた。

顔が俺を覗いていた、笑っていた。あれが鶴姫の仇だ、違いない――。

「誰か聞いてくれ！」

尚成の声は虚しく屋敷に響き、誰も戸を開ける者はなかった。

それからだった。尚成の前に、白い顔の男が姿を現すようになったのは。

蔀戸の隙間から、食膳の汁物の水面から、ぬっと顔を覗かせては薄ら笑いを浮かべる。しかもそれは尚成にしか見えないらしい。誰にどう伝えても、尚成が突然激昂して叫び出す、癇癪《かんしゃく》を起こして膳をひっくり返す、夜中に錯乱《さくらん》して暴れるというふうにしかとられなかった。

尚成の要請に応じて、久川や僧が調べてみたが、屋敷のどこにも物の怪や鬼の気配などしないという。

最初同情的であった家人も、徐々に尚成を恐れるようになり、今では腫れ物に触るような扱いで、日に二度、戸の前に食膳が置かれるほかは、誰とも顔を合わすことがなかった。

——俺は頭がおかしくなったのか。

まるで忌みものを見るような、家の者たち。幼少のころから親身に接していた者たちが、今では忌避の念をもって尚成に接している。

——尚成さまのあの様。よもや、鶴姫様の一件も、このように突如正気を失われて……。

そんな言が立ち、密かに家人たちの間で囁かれていることを、尚成は知っている。

俺の他にあれが見える者がいない。ということは、あれは俺の作り出した幻覚なのか。

だとすれば、やはり俺は、どこかおかしくなってしまったのか。

尚成はひとり、部屋の隅で膝を抱えた。

誰か戸を叩く者がある。

いったい誰だ。尚成が訝しく思いながら顔を上げると、

「尚成。俺だ」

聞き覚えのある声。兼久の声だ。

兼久は尚成の返事を待たず、戸を開いた。烏帽子に直衣を着ている。直衣は私事の外出時のみ着用するもので、まだ昼を少し過ぎたころであるから、今日は非番か。

「久しいな」

兼久がわずかに眉宇を曇らせて呟く。

尚成は答える言葉がなく、視線を落とした。

被り物も被らず、寝間着のままで、髪の手入れもしていない。このところ顔を洗う気力もなく、非常に見苦しい姿をさらしている。

対して、兼久はどうだ。美しく髪を結いあげ、直衣には皺ひとつなく、立ち姿も凜として様になっている。

「見苦しいだろう。許してくれ」

力なく告げると、頰に冷たい指が触れた。

いつの間にか兼久が側におり、その涼やかな眦に憐憫《れんびん》の色を浮かべ、まるで我がことのように表情を陰らせた。

「姫君のことは聞いた。このような痛ましいことになって、残念でならない」

「ああ。鶴姫殿……まこと無念であっただろう……」

「おまえのことだ。こんなにやつれている。心労が祟っているな」

「俺のことなど！　それより、一刻も早く姫の仇を……！」

尚成は拳を握って、声を荒らげた。だが、すぐに我に返って詫びる。

「取り乱してすまん……。早く俺も勤めに戻らねばな。せっかく、藤原吉野様がお声をかけてくださったのだ」

久方ぶりに拝む同僚の姿に、尚成はできるだけ良い話題をと、職場復帰の心づもりを口にした。

「そのことだが。内裏での勤務について、言づけがある。おまえはこのまま、しばらく屋敷で養生せよと。少将には、朝野由直が就くことになった」

目の前が真っ暗になった。咄嗟に腕をついて体を支える。

——由直が、俺の代わりに……？

そんな馬鹿な。何かの間違いだ。

鶴姫。右近衛少将。尚成の幸せの形が、次々崩れ落ちていく。

——ひはは……。

嘲笑が聞こえた。顔を上げると、兼久の後ろ、木戸の隙間から、白い顔が覗いて笑っている。

——ざまぁみろ。

それは明確な悪意を持っていた。

オマエノ　モッテイルモノ　スベテ　ウバッテヤル。

白い顔が、木戸の間からゆっくりと部屋の中に入ってくる。それは黒い蛇のような体軀をしており、顔だけが人間の、それも面のような異形の姿をしていた。湿った質感の体。蛇のように鱗があるが、しかしぬらぬらと濡れて、蛙のようだ。身をくねらせながら、兼久の背後に忍び寄る。

ひゅ、と喉が鳴った。息ができない。いや、息が吐けない。引き攣《つ》ったような呼吸。目の前が真っ白になった。

床に倒れ、身を丸めても悶える。兼久が何か言っているが、理解できない。尚成は陸に打ち上げられた魚のごとく喘いだ。

「落ち着け、尚成」

兼久は尚成を胸に抱き寄せた。

「まずは目を閉じろ。ゆっくりと息を吐け」

冷たく大きな掌が、優しく背を摩る。手負いの獣をなだめるように、静かに、兼久は尚成に語り掛けた。

尚成は目を閉じ、必死に息を整えた。兼久の手が、摩る動きから、ゆっくりと拍をとるような、とんとんとした動きに変わる。それが鼓動の律動に交わって、だんだんと落ち着きを取り戻しはじめた。それに従い、息も少しずつ整っていく。

「いいぞ。目を開けろ」

言われて、瞼を上げる。兼久の肩越しに笑っていた白面の怪物は、姿を消していた。

「おまえは元々肺が弱い。取り乱せば息が乱れる」

「すまん」

「謝ることではない」

兼久の衣から、山椒《さんしょう》のような、よい香りがする。

「良い香りだな……」

どこか懐かしい気持ちになる。

遠い昔、どこかでかいだことがあるような。

兼久は尚成の背を優しく叩きながら、黙って尚成の言葉の続きを待っているようだった。その沈黙に促されて、尚成は口を開く。

「姫を殺したのは、俺ではない。物の怪の類だ」

兼久にまで、気が触れていると思われるだろうか。あるいは兼久なら、聞き入れてくれるだろうか。

「その物の怪が、今度は俺に祟っている」

誰も信じてくれない。俺にしか見えない。俺にしか分からない。だが、それは確かに存在している。

「俺も憑り殺されるかな」

しかし、このまま生きていたところで仕方がない。

妻となるべき女《ひと》を喪い、職を失い、家の者からの信頼も失った。おそらくじきに、由直や友近らも、尚成を見放すだろう。

情けないことに、涙が溢れてくる。

悲しみの涙。悔恨の涙。歯を食いしばっても、目を瞑って堪えてみても、瞼を濡らすそれは溢れてくる。兼久の衣に顔を押し付け、なんとか頬を濡らさずにすんだ。喉で嗚咽《おえつ》を堪えていると、兼久は尚成が落ち着くまで、ずっと背を摩り続けていた。

「……すまない。情けのない所を見せたな……」

「気にするな」

言葉こそ素っ気ないが、声は柔らかい。兼久は表情が読みにくい男であるが、その実、情に厚いことを、尚成は身に染みて分かっている。

「そういえば、よく俺が子どものころ肺が弱かったと分かったな」

尚成は顔を上げた。その時、ふと、彼の首元にきらめくものを見た。

非常に薄い、水晶の破片のような、膜のようなものだ。差し込む光に反射して、七色に光っている。

どこかでこれと同じものを、見た。

尚成の脳裏に、鶴姫の首が浮かんだ。

四肢をもがれ、首を胴から断たれ、すっかり白く冷たくなってしまった鶴姫。その耳の付け根に張り付いていた、きらきら輝くあれと同じものだ。

尚成の手が、それを摘む。薄く、半透明な、まるで真珠のように七色に光を弾く
——これは、鱗?

兼久の手が、尚成の手首を摑んだ。その双眸が、尚成の顔をじっと見つめている。細長い眉の下にある、切れ長の目。その目の色が、徐々に色を変えていく。爛々と冴えた、黄色い目。人に在らざる者の、目の色。

尚成が兼久を振りほどこうと腕を払った時、兼久の直衣の袖がずり落ちた。鱗だ。兼久の腕の内側に、鱗が生えている。

「かねひさ！」

尚成が叫ぶのと同時に、兼久は尚成を胸の中に強くかき抱いた。

「来い、尚成」

体の力が抜ける。ふわふわと意識が遠ざかり、何も考えられなくなる。瞼が閉じる。どんなに抗っても、それは強制的に、尚成の意識を閉ざしてしまった。

兼久の姿が消える。

あとに残ったのは、蔀戸から差し込む日差しと、皺になった夜具、そして山椒のような残り香だけであった。

*

尚成が姿を消した。

人々はそのことについて、好きなことを口にする。

病みついて正気を失い、遁走《とんそう》したのだとか。傷心に耐えられず、密かに出家しただとか。鶴姫を殺したのは尚成で、追及を逃れるため身を隠したのだとか。あるいは、尚成もまた、鶴姫と同様、物の怪に攫《さら》われて食われたのだとか。

「尚成は、人を殺めるような子ではありません。確かに、鶴姫殿を喪ってこのところ病みついていましたが、それでも正気を失っているようには思えませんでした」

治子が目に涙を溜めて訴える。尚成を療養と称して遠くに置かなかったのも、寺に預けなかったのも、すべて尚成の正気と無実を信頼してのことであった。

「それがいけなかったのでしょうか」

治子は袖を濡らして、せつせつと叔母、梗子《きょうこ》に訴える。

梗子は、治子の母桐子《とうこ》の妹であり、尚成にとっては大叔母である。早世した桐子にかわり、治子のよき相談相手として、治子が嫁してからも交流を持っている。今日は、その梗子が清川邸を訪れていたのだった。

その目は静かに治子の姿を見つめており、口もとはしっかりと閉ざされ、その手は優しく治子の背に添えられていた。

「鶴姫殿の一件は、私の耳にも届いているよ。不幸なことだった」

梗子は心底憐れみの念を浮かべて言うと、治子に尚成の取り乱しようはいかがなものであったのか問うた。治子は嗚咽をこらえ、木戸の隙間や、食膳の汁に物の怪が顔を覗かせると言ったり、鶴姫の事件はその者の仕業であると騒ぎ立てたりしたということを説明した。

「泣くのはもうおよしなさい。あなたは、尚成の言葉をどう思うのです？」

梗子が尋ねる。治子は唇を震わせながら、赤い瞼で、

「真偽のほどは、分かりません。けれど、信じてやればよかったと思っています」

と、梗子の手を握って答えた。

「思えば、あの子はむかし、一度神隠しに遭っています。神や物の怪や、そういった類のものに好かれるところがあるのかもしれません」

あの時は、ちょっとした切り傷を負っていたものの、他に大した怪我をしていなかった。その日を境に、病弱だった尚成はすっかり病をしなくなり、壮健な若者へと成長していった。しかし、今回はそのようなありがたい出来事ではないだろう。

「もう五日も経つんです。このまま見つからなかったら――……」

その先を言えずに泣き続ける姪を、梗子は、「しっかりしなさい」と優しく、しかし強く叱咤した。

「貴嗣殿から文が届いた時は驚きましたが、あなたの狼狽《うろた》えようは目に余りますッ！」

ぴしゃりと言って、治子の肩に手を置き、しっかりと目と目を合わせる。

「わたくしの知り合いにその手に詳しい御仁がおられますから、一度訪ねてみましょう。けれど、気難しい御方です。運よく引き受けていただいたとしても、多額の報酬が必要となります」

「出します。幾らでも出します！」

治子はその場に両手をつき、よろしくお願いしますと深々頭を下げた。

梗子は、ただちに清川邸を発った。車を使わず徒歩《かち》で移動し、橋を渡って川を越え、里山に入り、さらに山を進んで中腹まで登る。

昼前に清川邸を出てから、すでに夕陽が落ちかかっていた。

落ち葉を踏んで獣道を抜けた先に、小さな門が建っている。二本の柱に横木を渡し、その上に茅葺《かやぶき》屋根を載せた簡素なもので、枯葉を被っていた。

「どうか、わたくしをお入れくださいませ」

門の前に立って両手を合わせ、梗子は門の先へと足を踏み入れた。

ふと、空気が変わった。圧が変わったと言ってもいいだろう。だんだんと日が落ち、周囲が闇に吞まれ始めるころ。木霊する獣の鳴き声に、腹の底がぞっとするような、妙な感覚を抱きながらも、梗子は足を先に進める。

小さな庵が姿を見せた。それは、草木や竹を用いて建てられた質素な小屋だが、異様な存在感を放っている。梗子がこの庵の主を知っているからそう思うのか。

梗子は身だしなみを整え、息を鎮めて、庵の戸を叩こうとした。その時、庵の戸が、ひとりでに開いた。陰から水干袴姿の童が、じっと梗子を見つめている。

「梗子か。久しいな」

童は無愛想にそう言って、顎でしゃくって中に入るよう促した。梗子は、十ほどの童に深々頭を下げると、庵の中へ足を踏み入れた。

「福治《ふくじ》は今、支度をしている。上がって待つといい」

きゅっと目じりのつりあがった、大きな目。口を結んで、つんと澄まし顔。なんとも気位の高そうな童であるが、その年不相応の口調には、不思議な神々しささえあった。

「まことお久しゅうございます。みむろ殿」

年かさであるはずの梗子は深々と頭を下げ、丁重に挨拶をする。

促されるまま庵に上がり、通された室で背をただし、主の登場を待つ。しばらくして、木戸が開いた。同時に梗子は床に額をつけ、丁重な挨拶を述べる。

「顔をお上げくだされ、梗子殿」

「福治殿」

梗子は顔を上げた。

そこに立っているのは、一人の男であった。

烏帽子もなく水干も袴もなく、黒い無地の羽織の下に、真っ白な長着を着ている。髪は結い上げず、肩で緩く一束にまとめただけの出で立ちをしていた。

「お変わりなく」

「用件を」

梗子の前に背をただして座り、先を促す。

「我が姪孫《てっそん》、清川尚成のことでございます」

梗子の言葉に、福治は鋭く目を細めた。

「知っていると思うが、私の報酬は高いぞ」

「存じております。福治殿にお頼み申すのです。相応のものはご用意しております」

鼻を鳴らし、男――福治は見定めるような眼で梗子を見た。静かだが強い重圧に、うっすらと項に汗が浮かぶ。

「まずは話を聞こう」

「五日ほど前、姪の子が忽然と姿を消しました。おそらくは、あなた様の御領分であるかと」

どうぞお力をお貸しくださいませ。都いちの腕を誇る呪術師――福治殿のお力を。

ざわ、と梢が揺れた。

男は手と額をついて頼み込む梗子の姿を冷たい眼差しで捉え、

「人捜しは私の本領でない。他を当たれ」

と、すげなく断った。

梗子はその場を去ろうとせず、ずっとそこで頭を下げ続けている。

「帰っていただこう。こちらも、手荒な真似はしたくない」

透き通るような、しかし重みのある声で福治は言った。

「――それでは、桐子姉さまのご友人としてお頼み申し上げます」

畏まった口調が砕け、まるで幼子のように頼りなく、縋るような声色に変わる。

「福治兄さま、どうか、どうか尚成を捜してくださいまし……」

顔を上げた梗子の目に、涙が溜まっている。

「どうか、どうか、お願いします」

まるで女童のように、梗子は泣いた。ぼろぼろ、ぼろぼろ、瞳から溢れて床に染みを作る。

暫くの沈黙の後、深くため息を吐き、福治は腕組みをした。

「――旧知の間柄だ。仕方あるまい」

しかし、此度だけだぞ。

福治の言葉に、梗子は涙に濡れた眼を上げて、「あい」と深く頷いた。

「……桐子の子は母親似か？」

福治が神妙な顔で問う。梗子は首を横に振り、

「いいえ、父親似でございます」

と、顔を伏せながら答えた。

＊

呪術や占の専門家として陰陽師が存在するが、彼らは役人である。

役人には役人の本分があり、その本分に都の守護は入っているが、人に呪いをかけて災いをもたらすことは範疇にない。

それを生業としているのが、呪術師である。

彼らは多額の報酬と引き換えに、人に言えぬ、後ろ暗い望み、願いを聞き届けた。

その中で最も腕利きとされ、また、口が堅いことで宮中でも密かに愛顧される者がいた。

経歴は一切不明。師も弟子もなく、腕はいいが、報酬が法外に高く、そのうえ引き受けるか否かは気分次第。それが福治である。

清川家の住人は、突如梗子に連れられてやってきた福治のことを不審な目で見つつも、梗子が頼んだその道の専門家とあって、福治が聞いたことには覚えている限

りのことを詳細に答え、見たいと言ったものは素直に見せた。

「尚成さまは、呪いをかけられていたんですか？」

下男がおそるおそる問うてくる。

「まずは、それを調べている。まぁ見つかるのは軀《むくろ》かもしれんが」

男は、福治の言葉に二の句を呑み込み、しぶいものを噛んだように顔を歪めた。

「尚成さまは、昔からとても良い子でした。どうか、よろしくお願いします」

言って、深々と頭を下げる。清川家の家人は皆そのようなことを口にし、「どうか」と頭を下げる。尚成という男は、よほど家の者に可愛がられていたらしい。

最初に異変のあったという廊を検分し、次に下男に案内され、北対に通された。

尚成の居住していた北対はそのまま残されている。寝乱れて皺の入った寝具、文《ふ》机《づくえ》、部屋の隅には箏が置かれ、木彫りの横笛や琵琶が棚に立てかけられている。

この部屋の主は、物に執着はないらしいが、楽器は好むようだ。

福治は箏の弦に触れた。よく手入れされている。ふと、龍頭のあたりに煌めくものを見つけた。摘んでかざす。半透明で光沢があり、光を弾いて七色に輝く。薄く切り落とされた水晶のようである。

次いで、庭を望む。見事な庭だ。花と木、水と土が調和し、よい気の交わりを生み出している。そこで池の付近に朱く小さな鳥居が目に入った。毒々しいほどに映えるそれは、まさしく異物だ。

「あれは何だ？」

「奇怪な現象が起こるようになってから、陰陽師の方に助言されて拵えたものです」

福治は鳥居まで足を延ばし、真新しい漆塗りのそれをじっくり眺めた。供えてあるのは、赤いもの、山菜など苦みの強い食材だ。

「お話によると、この敷地の土の気と水の気の配合が乱れているのだそうで。これで土の神さまを喜ばせて差し上げているんだとか」

「土気は水気を剋すからな。泥が湧く原因を、五行の乱れと見たか」

福治は唇の端で笑った。

「殺された姫の屋敷というのは、どこだ」

下男に命じて案内させる。車を用意されたが、徒歩で行くと断った。

その鶴姫とやらの屋敷は、清川邸からさほど離れてはおらず、小路から大路に入って、真っ直ぐ進むだけの簡単なものであった。

「尚成の移動手段はなんだ？」

一介の呪術師が、なんとも不遜に「尚成」と呼び捨てにしたことに戸惑いを露わにしつつ、男は「牛車です」と答えた。

「ここです」

福治は足を止め、塀を仰いだ。

そこは惨劇の舞台となった場所、鶴姫の屋敷の前である。

福治は塀の周辺を歩き、短く唸った。

「中には入れないか」

「さ、さぁ……」

困惑気味に、男が首を傾げる。福治はさして気にする様子もなく、まるで我が家に帰るような顔で、門をくぐった。驚いて男が福治を止めようとするが、福治の足は意外に速く、小走りになっても追いつけない。

鶴姫の寝室にあたる対は、木戸で塞がれており、中の様子は窺えない。しかし建物を覆う空気は、主を失って、どこか寂しげだ。眺める者のなくなった庭木。愛でる者のいなくなった景観。雪灯籠も花も小石を敷き詰めた池の周りも、静まりかえっている。

さて、ここにあれはあるだろうか。

福治は目を凝らし、あたりを探った。

これだけ日が照っていれば、分かるはずなのだが。

立ち尽くして瞳を巡らせていると、視界の端で何かが白く煌めいた。そこはちょうど、あの夜、尚成が転がり出て刀を抜いたあたりであり、取り押さえられた場所である。

福治は白く長い指でそれを摘むと、口元に怪しい笑みを浮かべた。

「だめですよ、捕まってしまいますよぉ！」

きょろきょろ周囲を警戒しながら、男が腰をかがめて福治を促す。福治は「このくらいのことで狼狽えるな」と、冷たい視線を向けた。

騒ぎにならないうちに鶴姫の邸宅を出る。

「あ、あのう……」

下男はやきもきした様子で、おそるおそる声をかけた。福治は振り返りもせず、足も止めないままに、「なんだ」と背中で返す。

「いったい、なにをお捜しだったんで？」

「おまえが聞いたところで、分からんだろう」

ぴしゃりと返されて、下男はたじろいだ。

「しかし、陰陽師が下手を打ったことは確かだな」

言って、福治はそのまま先を急いだ。その足の向かう先は、梗子の邸宅であった。


「分かったぞ」

福治の言葉に、梗子は緊張した面持ちで背をただした。

「鱗が落ちていた。おそらく龍が絡んでいる」

梗子は眉を顰めた。突然、化生のものの名を挙げられたのだ。しかし狼狽を露わにしないところに、梗子の肝の大きさが表れている。

「龍とはすなわち水の化生。尚成が水と関わったできごとは？」

「聞き及んでいませぬ。暮らしぶりも、前と変わらず……屋移りも庭いじりも致しておりません」

「尚成が生まれてからこれまでの間に、といった方が良かったな」

福治の訂正に、梗子はしばらく思案し、「そういえば」と顔を上げた。

「あの子がまだ十に満たぬころ、嵐山で神隠しに遭ったことが」

「ほう」

福治は興味深げに顎を撫でた。

「その後、何か変わった様子は？」

「悪いことではございませぬ。それまで病弱な子でございましたが、以降はとんと体が丈夫になり、風邪ひとつ引かぬ強い子に……」

梗子の言葉に、福治は長く息を吐いた。

「そこで龍が憑いたか」

まあ、と梗子が声を上げる。

「では、尚成は龍に食われたのですか!?」

「落ち着け。絡んでいると言っただけだ」

福治に制されて、梗子は興奮のあまり浮いた腰を再び落とした。

「だったら、どうしてあの子は……」

この年齢まで健やかに育ったか。なぜ今更に危害を及ぼすのか。こんな惨い仕打ちを与えるとは、人に在らぬ者の考えることは分かりません。

梗子の悲痛な言葉に、福治は平然として顔色ひとつ変えず、慰めの言葉をかけることもなく立ち上がった。

「福治殿、どちらに……」

「その山に入る準備をする」

口元だけで微笑んで、福治は梗子の前から立ち去った。

屋敷を出て門をくぐったところで、福治は足を止め、振り返って仰ぎ見た。塀を少し越したところに枝が伸び、白色と薄紅色の花が入り混じった梅が花開いている。

「ここの梅だけは、変わらんな」

ひとつ呟いて、福治は家路に就いた。

龍が絡んでいるとなれば、準備は入念に行わなければならない。龍神と称されるように、龍の持つ力は強大で、へたをすれば痛い目をみることになる。

二、三日のうちに支度を整え、嵐山に入る準備ができた。

京の西部には、桂川《かつらかわ》という大きな川が一本流れている。丹波高原《たんばこうげん》を源とし、南下して様々に呼び名を変えながら流れる。その川の中流部に位置する保津峡《ほづきょう》からを保津川《ほづかわ》、保津峡の出口嵐山から下流を桂川と呼ぶ。嵐山はその桂川の南岸に位置し、都の北東に位置する比叡山《ひえいざん》などと比べると、穏やかな山である。

龍は川に棲む。川の流れは地形、とりわけ山に大きく影響を受け、川の性質はそこに棲む龍の性格にも影響を与える。比叡山、愛宕山《あたごやま》に棲む龍などは気位も高く、品位もあって、気難しい。果たしてここに潜む龍はどのようなものであろう。福治は静かに、穏やかに流れる水の動きを眺めた。

やがて日が傾き始めるころ、袖から竹筒を取り出し、栓を開けて、川の水を少し拝借する。きらきら輝く鱗を入れ、仕上げに息を吹き込んだ。

「私を、おまえの主のもとに導け」

そう囁いて、口の中で短く呪文を唱える。竹筒の中身を掌の上にひっくり返す。

「行け」

その言葉を合図に、鱗がほのかに発光し始めた。蛍のようだ。それはふわふわと、川の上流に向かった。

福治も、あとを追う。

草葉の陰、木々の間、水面の底から、無数の目が福治の姿を追って動く。それらは物珍しそうに、龍の鱗を追う福治を見ていた。

逢魔《おうま》が時。最も人と魔が入り混じる刻。

呪術はこのころに、魔界の者どもの力を借りて最も効力を発揮する。

不意に、鱗が川から逸れた。

ちょうど、山と山の間——谷になっているところだ。鱗はふわふわと漂い、山の中に入っていく。福治は明かりも持たず、山の中に入った。

木々の陰、闇の向こうから、刺さるような視線が注がれる。獣か、化生か。それらは明確な意思を持って付かず離れず福治の後を追い、しかし視線を外すことはなく、口々に何か囁きながら、梢や草葉を揺らす。

化生どもの足が止まった。ぴったり立ち止まって、動かない。が、福治への興味を失ったからではないらしい。舐めるような、食いつくような視線はそのまま、未練にまみれて後ろ姿を見送っている。

水のにおいが濃くなった。水が落ちる音。――滝の音だ。

鱗はやがて、滝つぼへと福治を誘った。

周囲には古木が生い茂り、するどい岩が天へ突き出している。

空気が違う。嵐山の温和なそれではなく、厳めしく、重く、すさまじい圧が漂っている。一歩踏み出すごとに、肺がひりつき、指先が痺れた。

龍の巣だ。

福治は滝の裏側に、虚空を見つけた。

人ひとりが入る余裕がある。鱗はその虚空の中へ消えていった。やはり、洞になっているらしい。滝の中に飛び込む。頭から激しい水圧を浴びながらも、洞の中に入ることができた。

「洞窟になっているのか……」

暗く、湿っていて、先が見えない。遠く、雫の滴り落ちる音が木霊している。

手探りで岩肌を伝い、足を擦るようにして前に進める。足を踏み間違えれば、大けがに繋がる。慎重に先を進んだ。

やがて、闇の中にぼんやりとした灯りが見え始めた。

橙色の、とろけるようなそれは、燭台の灯りだ。そこには中規模な、円柱状の空間が広がっている。天井はさして高くないが、奥行きがあり、小さな屋敷であれば、ひとつまるまる入りそうだ。

空間の中央には燭台が二つ置かれ、その傍らに、人影がある。

「おまえがこの龍の巣の主か」

福治が問うが、答えはない。

「さる貴族の御子息が行方をくらましてな。捜している」

「――近づくな」

福治が近づいていくにつれ、その影は姿を露わにした。

青年だ。長く波打つ髪。額や頬、体の所々に鱗が生え、腕や胸の周りには不思議な文様の刺青が渦を巻いている。人の姿で青年なので、まだ年若い龍のようだ。

「ところどころ、人の形が崩れているな」

目の玉が黄色い。指の先が鉤爪に曲がり、黒い爪と一体化している。髪は灰鼠がかった色を帯び、人の纏う色彩を失いつつある。

龍の巣は、龍が生まれ育った場所であり、己を育んだ霊気に満ちる、龍にとって最も安全な場所である。人形を保つことが難しいほど、この龍は力に満ちているのだ。

龍の背後に、誰かが横たわっている。

薄暗い中、燭台の舐めるような灯りに照らされ、かすかに見て取れるのは、男の姿だった。

「おい、それは清川の息子か？　面倒だが、私はその坊主を連れて戻らねばいかん」

福治の言葉に、龍は目を見開いた。

「させぬ」

沸き立つような龍の怒りが、静かに起こった。発露した感情が伝わり、びりびりと空気が震える。骨の軋む音を立て、人の形が崩れていく。髪は蔦のように伸び乱れ、口吻《こうふん》は裂けて耳まで及び、腕や手足は硬い鱗で覆われた。

龍というものは気位が高いことで有名だが、その龍が変化するところを人前に晒すとは、珍しい。

――相当頭に血が上っているな。

依頼は尚成の発見であって、龍の討伐は入っていない。苦労してこの若龍を嫐《たお》したところで、一文にもなりはしない。

福治は懐から木製の数珠を取り出した。完全に龍の姿に変態するまでに、取り押さえないと厄介だ。

「いと慈悲深き后土《こうど》よ、我を憐れみたまえ」

数珠を龍に向かって投げつける。福治が呪文を唱える。何かを感じ取った龍は、尾を振り回して数珠を打ち落とした。そのまま、福治めがけて尾がしなる。福治が身をかわす。短く風を切る音がして、服の片袖が落ちた。

「その姿、蛟《みずち》か」

巨大な蛇に近い見た目をしているが、角と四肢を持っている。長さは一丈あまり。胸元は赤褐色をしており、背には青い斑紋が浮かび上がっていた。ぬらぬらと濡れた質感。まさにそれは蛟のものであった。

喉を鳴らし、牙をむき出しにして福治を睨んでいる。頭を高く上げ、巨大な胴をくねらせながら、相手の出方を窺っている。

蛟は毒を持つ。毒液をかけられたり、噛みつかれたりすると厄介だ。

尚成は術にでもかかっているのか、目を覚まさずに横たわったままだ。福治の視線に勘付いたのか、蛟は尚成の姿を隠すように福治の前に立ちはだかった。

――この蛟、尚成を守っている？

福治は直感した。

「俺はそいつ《尚成》に危害を与えに来たのではないぞ」

蛟は巨大な目で福治を睨み付けた。

蛟――要するに巨大な蛇のようなものだ。全身が筋肉である。関節のない体は滑らかに激しく動き、これほどの胴回りであれば、人ひとり絞め殺すことも容易い。この顎に捕らわれれば死、この体に捕らわれても死。最も厄介なのは、毒を瘴気として空気中に吐き出すことだ。そうなれば、肺が腐り落ちる。

しかし蛟は、瘴気を吐き散らすことなく、あくまで牙や尾で福治を捕らえようとしている。

やはり、尚成を気にかけている。

私はおまえとやり合う気など、毛頭ないと言っても、この若い化生は聞く耳持つまい。

福治は懐から短刀を取り出し、尚成めがけて投げつけた。蛟の注意が、福治から逸れる。一瞬の隙を突いて、福治は口の中で呪文を唱えた。投げ捨てられていた数珠がみるみるうちに伸び、縄のように蛟の身に絡みつく。気付いて蛟が振りほどこうともがくが、蔦のように巨体を這いまわり、渾身の力で締め上げた。

　蛟の悲鳴がけたたましく響く。まるで銅鑼《どら》を渾身の力で打ち付けたような、耳を突く悲鳴であった。

　音を立てて、蛟の身が地面に倒れる。未だに身をよじってはいるが、数珠にがんじがらめに縛り上げられて、身動きがとれないでいる。

「その数珠は、后土の祝辞を彫り込んだ木で作ったものだ」

　后土は土の神。土は水を剋するものであり、水の化生である蛟には有利に働く。とくに蛟や龍は清流を好んで棲み、その力をもって神力を発揮する。清流を汚す土の気にはめっぽう弱い。歳経て力を蓄えたものならまだしも、年若いこの蛟にとってその威力は格段だろう。

　これで邪魔はなくなった。福治は悠々とした足取りで尚成のもとに歩みを寄せる。蛟が唸りながらのたうったが、術で調伏されたままだ。殺気に満ちた視線を全身で浴びながら、福治は尚成を揺すり起こそうと身を屈めたところで、思わず手が止まった。

　福治はすっくと立ち上がると、足で尚成のわき腹を蹴った。尚成が短くうめき、眉根を寄せる。

「起きろ」

　言って、もう一度尚成を蹴った。

＊

わき腹に鈍痛が走り、尚成は意識を覚醒させた。

「起きろ」

二度目の鈍痛。

視界がぼやけている。頭が重い。体が怠い。そして全身が痛む。

「さっさと身を起こせ」

誰かが尚成の顔を覗きこんできた。未だに視界は霞んでいるが、そのぼやけた輪郭にはまったく見覚えがない。

「だ、誰だ……？」

「説明はあとだ。さっさと家に戻るぞ」

視界が、ようやく鮮明になってきた。尚成が顔を上げると、そこに、いつか河原で見た幽鬼の姿がある。

結い上げられずに降ろされた髪。烏帽子も水干袴もなく、黒い無地の羽織の下に、真っ白な長着。間違いない。あの日見た幽鬼だ。

「幽鬼……！」

「馬鹿めが、寝ぼけおって」

吐き捨てるように言って、男は冷たい目で尚成を見下ろす。

「私は福治。呪術師だ。おまえの大叔母、梗子殿の頼みにより、おまえを迎えに来た」

「梗子おばさまの……？」

不意に、山椒の香りが尚成の鼻をついた。これは、兼久の香りだ。

「兼久！」

弾かれたように尚成は叫び、そこでようやく、周囲の景色が目に入った。

薄暗い洞窟に、燭台が二つ。そこに照らし出されている、蛇に似た異形の――。

「ば……化け物……ッ」

尚成が叫ぶと、その蛇のような龍のような化け物は目をむき出して尚成を見つめた。尚成は異形を目の当たりにする恐怖に、腰を抜かしたまま二、三歩後退る。

「そう恐れずとも、捕縛してある」

福治は平然としている。尚成は呪術師を名乗る男と、横たわる化生のものを交互に見て、何も言えなかった。震えで、言葉が出てこない。いったい何がどうなって、こんな状況に陥っているというのだ。

動きの鈍った、怠重いままの頭で必死に考える。最後に覚えているのは、屋敷に兼久が見舞いに来たことだ。

兼久はどこだ。まさか、この化け物に食われてしまったのか。

――いや、兼久だけではない。

尚成は、己の胸元で輝いている水晶の破片に気が付いた。しかし、これは水晶ではない。鱗だ。そしてあの化け物の肌。鱗に覆われ、滑らかに輝いている。

あれと似たものを、尚成は目にしたことがある。

床に転がっていた、鶴姫の頭部。光のない、うつろな目をした彼女の遺体《なきがら》。その耳元に、輝いていたあれ――。

鶴姫の遺体には、粗く太い縄で激しく締めつけたような痣が残っていたという。

鱗に覆われた肌と、一丈あまりの巨軀。この化け物自身が、一本の太い荒縄なのだ。鶴姫を殺害したものと、すべての点が一致する。

こいつが、鶴姫を殺した。こんなものに、姫は四肢をもがれ縊り殺された。どんなに痛く、苦しく、恐ろしかったであろう。

「おまえが、おまえが鶴姫を……！」

尚成は懐をまさぐったが、なにも帯刀していなかった。視線を巡らせ、側にあった石を手に取り、蛇の化け物に殴りかかる。

切り殺せないならば、打ち殺す。鶴姫の仇を取る。完全に、頭に血が上っていた。

「愚か者」

福治が尚成の足を引っかけた。尚成は躓《つまず》き、転ぶ。

岩肌がむき出しになった地面だ。転べばただではすまない。だが、尚成の体が痛みを覚えることはなかった。かわりに、山椒の香りが身を包む。誰かの手が、尚成の体を支えてくれていた。

「尚成」

兼久の声だ。

恐る恐る、尚成は視線を上げた。

そこにいたのは、兼久であった。だが、いつもと様子が違う。冠も烏帽子もなく、髪を降ろし、身に何も纏っていない。臍から下は、人の形を成していなかった。あるはずの二本の足はそこになく、鱗に覆われた蛇の胴が続いている。目の色も、髪の色も、人間が本来有する色をしていない。

尚成は頭が真っ白になった。

兼久が、鶴姫を殺した化け物だと――。

「この姿を見せるのは、十数年ぶりか」

自嘲気味に微笑んで、尚成を支える腕を引いた。

「おまえが、姫を、殺したのか……？」

喉がうまく動かない。絞り出すように問うと、兼久は静かに首を横に振った。

「じゃあ、いったい誰だっていうんだ!?」

こんな体で、そんな姿で、こんな場所で、そんな言葉が信じられると思うのか。

尚成が声を荒らげて一気に吐き出すと、兼久は何も答えずに目を伏せた。

「弁明しないのか、兼久」

友だと思っていた。同期で一番に出世し、それを驕ることもなく、いつだって静かに穏やかに佇んでいる。尚成の失敗をそれとなく庇い、助けてくれた。共に肩を並べて職務に就けると思うと、胸が弾んで誇らしかった。

その兼久が、こんな化け物だったなんて。

尚成の目から涙が溢れた。その涙を拭うこともせず、両手を伸ばして兼久の首にかける。兼久は尚成にされるがまま、身動きひとつしない。

「この、バケモノ」

指先に力を込める。

兼久は抵抗することもなく、尚成の怒りを受け入れた。皮膚に指が沈み込み、喉仏を押し込む固い感触が伝わってくる。血の管を、骨を、気道を締めているのが分かる。

「すまない。守れなかった」

兼久は苦しげに顔をゆがめた。それは息を詰まらせたための苦しみではなく、心の痛みからくるものだと、尚成には分かった。しかもその心の痛みとは、尚成と、尚成の大切なものを悼んでのものなのだ。

違う。鶴姫を殺したのは、兼久ではない。

指先から力が抜ける。一瞬にして怒りの炎がかき消えて、涙だけがとめどなく溢れてくる。

「じゃあ、いったい、誰なんだ」

俺はいったい、何を恨めばいい。何を憎めばいい。

「確かに、おまえを攫ったのはそこの蛟だが」

福治がやれやれといった顔で、袖から何か取り出した。白い包みだ。その中に、鱗が一枚入っている。

「もう一匹、龍が絡んでいる。そして、そいつはおまえに憑いている」

福治の言葉に、尚成の涙が止んだ。

俺に憑いた龍？　俺に憑き纏っているもの。

その瞬間、脳裏に「あれ」の姿が浮かんだ。真っ白な顔に、落ちくぼんだ眼窩の奥で尚成をせせら笑う、あの異形の怪物。

「あれは俺の幻覚では」

「ちがう」

答えたのは兼久だった。

「あれは龍ではない。人が作ったまがいものだ」

兼久は目を怒らせ、口元を歪める。

「あれは尚成《おまえ》を苦しめるため、呪うために放たれた」

あれはやがて尚成を憑り殺す。

兼久の黄色い目の玉が、憤りに燃え揺らぐ。こんな兼久の顔を、尚成は初めて見た。この男は滅多に感情を露わにすることなどなかった。いつもどこか泰然として、負の感情などとは程遠い静けさを纏っていたはずなのに。

――ずるっ。

湿った何かが、這い進む音がした。

寒気が走り、尚成の項が粟立つ。この感覚を知っている。前にも一度、経験したことがある。

「噂をすれば、出たか」

福治が舌を打つ。

暗闇の中で、何かが重たい身を引きずっている。かなりの巨体であることが、その鈍重な気配から窺えた。異様な圧を発しながら、それは福治が通った路を通り、柔らかな灯りのもと、その姿を露わにする。

尚成は腰を抜かした。それは生臭い泥のにおいを纏い、ぬらぬらとした体表を持ち、肥え太った体を引きずって這いずりながら進んでいる。目も鼻も口もない、暗い赤褐色を帯びた体。蚯蚓《みみず》だ。しかし、蚯蚓と呼ぶにはあまりにも巨大で、醜悪だった。

「呪術師。貴様、あれに跡を付けられたな」

兼久が鋭く福治を睨む。

蚯蚓のごときものの体の下から、無数の赤子の手が這い出てきた。昆虫の足のように、それらが蠢《うごめ》いて地面を探りながら進行している。尚成を捜しているのだ。その身からはぼたぼたと泥が垂れ落ち、鼻につく臭気をあげた。

「ひっ」

尚成の喉が引き攣る。

ぴたりと、それの動きが止まった。

「気付かれたな」

福治が呟いたのと同時に、それの胴体にひとつ、人の顔が浮いた。落ちくぼんだ眼窩に、切れ目をいれたような口元。あの顔だ。

「タカナリ　見ツケタ　ゾ」

口角を吊り上げて、顔が笑う。尚成の全身に鳥肌が立った。

蚯蚓のような胴体に次々鱗が生え、鱗に目と鼻と口が生え、瞬く間に全身を覆った。いや、鱗ではない。あれは人の顔だ。たくさんの人の顔が、鱗のように連なり、重なり合って張り付いているのだ。

「なるほど、土龍《どりゅう》か……」

土龍と呼ばれたものに張り付いた顔たちが、一斉に目を開ける。何百対という目が、尚成を見つめている。悪意と邪気を孕んだ眼差しが、尚成を射貫《いぬ》く。

つう、と、鱗顔たちが血の涙を垂らす。顔を歪めて恨み言を吐くもの、鬼の形相で憤怒するもの、妬《ねた》み僻みに容貌を崩し、口汚く罵るものもある。怨嗟、嫉妬、憎悪、悲嘆。露わにする感情は違えども、そこにあるものは負の感情のすべてであった。それらを一身に纏う土龍という化生は、なんとおぞましく、恐ろしいものか。

「タカナリ、見ツケタ、ぞ」

すべての顔が尚成に視点を合わせ、嗤った。鎌首をもたげ、尚成めがけ猛烈な勢いで突き進んでくる。肥った、鈍重な見た目からは想像できない速さであった。

目だけが、それの速さを追っている。体は縫いとめられたように、動かなかった。

——だめだ。

命への諦念が一瞬、脳裏をよぎる。

その時、一筋の閃光が走った。土龍が横倒れになって、へどろのような体液を噴き出す。

青い斑点模様を背負った、白い蛇のような龍が一頭、土龍の喉元に深く食いついている。

兼久だ。その身には、数珠の形にただれた痕が痛々しく焼き付いている。身をよじって、力任せに拘束を解いたらしい。思わず目を背けたくなるほど、その術は兼久の身を縛めていた。

「后土は土の神。その祝福を受けた呪を力任せに振りほどくとは」

興味深げに、福治は目を細めた。

「あれは何なのだ!?」

尚成は福治の襟元を摑んで問いただす。福治は緩慢に、尚成を睨み付けた。

「放せ」

その眼差しの冷たさ、鋭さに気圧されつつ、尚成は口を結んで福治を睨み返す。

「あれは、おまえに掛けられている呪いだ」

「呪いだと?」

「あの恨みつらみ、妬みに満ちた醜い顔を見ろ」

福治が顎をしゃくる。尚成がそちらに目を向けると、土龍に張り付いている顔たちが負の念を込めて尚成を睨んでいた。

「俺は人に恨まれることをした覚えはない！」

「おまえにそのつもりはなくとも、人は勝手に恨み、妬み、憎むものだ」

「なにを……」

「昇進し、名高い家の姫君を婚約者に迎えたらしいな」

呪う理由としては、十分すぎるくらいだと、福治は暗い笑みを見せた。

――そんな理由で？

「おまえにとっては『そんな理由』だろうが、相手にとってはこれ以上ないくらいの動機なのさ」

尚成は見た。

恨み深い眼差しで、一心に尚成を睨み、顔を歪めている男を見た。友と呼び、同輩と呼び、同志と呼んだ男。その糸を張ったような鋭く、しかし知性ある瞳は怒りに歪み、品良い口元は強く噛みしめられて血を流していた。

「……由直……」

なぜおまえの顔がそこに。なぜそんな顔で俺を睨んでいるのだ。

「あれは蠱毒《こどく》から生じた古《いにしえ》の呪詛の化身よ。そして鱗のように張り付いている顔が、術を行った者たちだ」

見知った顔でもあったかと、福治は揶揄をこめた声色で尚成に問いかけた。

「最初はただの蚯蚓であったのだ。蠱毒によって呪詛と化したのち、おまえに憑き纏っていた」

だから、あれの這ったあとは泥が残っていただろうと、福治は尚成に視線を投げた。

「みみずは土の龍とも書く。おまえの庭の、極端に強められた土の気の恩恵を受けて、あれは健やかに大きく育った」

尚成の脳裏に、久川の顔が浮かぶ。土の気を強めるため、朱色に塗られた鳥居と、捧げられた供物が蘇る。

「そしてあれは力を得た。姿なき呪詛が、この世に具現できるほどの強い力を」

「ばかな……」

「呪ったやつも驚いているだろうな。これはいわば、呪詛の暴走だ」

――まさか、人ひとり殺めるほど強い呪詛だと思わなかっただろう。

眩暈《めまい》がした。足元がぐらぐら揺れて、力が入らない。

自分たちのしたことが裏目に出て、あの怪物を大きく育んだ。そして、鶴姫があれの犠牲になった。

「呪詛……いや、これはもはや、神と呼んでいい代物だ」

「ふざけるな!!」

尚成は叫んだ。正気を失いそうだ。兼久は化生の者で、由直は尚成を呪い、鶴姫がその犠牲になった。そんな話を、いったい誰が信じる。信じられるというのだ。これが事実であるというのなら、俺の生きた日々は、いったい何だったのだ。すべてまやかしで、姫はそのまやかしのために命を落としたのか。

銅鑼をむちゃくちゃに叩いたような、耳をつんざく悲鳴があがった。我に返る。土龍が兼久をその巨体で踏みつぶし、兼久は口から血の泡を吹いてもだえ苦しんでいる。見開かれ、血走った目。全身から血を噴き出し、美しい鱗が剝がれている。土龍の身に纏う亡者どもが、兼久の身に嚙みつき、肉を喰いちぎっているのだ。

「兼久！」

兼久が身をよじって、頭のない首に食らいつく。もつれるように絡み、上に下になりながら、二匹の龍は争った。切り立つような岩壁は、兼久と土龍の身を削ぎ、切り付け、裂いた。壁や床には擦りつけたような血の痕跡が走る。

「あの土龍、悍ましいほどの邪気と力に満ちている」

あの若龍では、そうとうに手ごわいだろうなと、福治は他人事のように棒立ちになって見ている。相撲の観戦でもしているかのような口ぶりだ。

「足止めをしてくれているうちに、帰るか」

尚成の腕を摑み、福治が促す。

なんという非情な男だ。尚成は胸の底が焦げ付くような怒りを覚えて、福治の手を振り払った。

「見捨てていけるか！」

刀も、弓矢もない。それでも、友人の危機を放ってはおけない。そもそもあれは、俺を呪っているものなのだ。兼久は、俺を救うために戦っているのだ。

静かに微笑みを浮かべる兼久の姿が脳裏をよぎる。

今度は俺が、兼久を助ける番だ。尚成は足元の石くれを手にして、土龍に向かって投げつけた。

とにかく一度、兼久から土龍を引きはがし、態勢を立て直さないといけない。兼久は明らかに土龍より体格に劣り、その巨軀に圧倒されている。

「おい、由直!!」

尚成は声の限り叫んだ。『由直』の名に、土龍が反応を示す。

「この卑怯者！　こそこそ人を呪うとは、丈夫のすることと思えんぞ！」

顔が一斉に尚成を見る。

「この尚成が怖いか！　妬ましいか！　羨ましいか！　憎いか!?」

自分で言って、心が絞られるように痛んだ。

由直、おまえはそんなふうに、俺を見ていたのか。いつも昼食のころ、よく四人でくだらないことを語り、笑って、過ごしたではないか。上官の愚痴を言い、冬の寒さ夏の暑さに負けないよう頑張ろうと、励まし合ったではないか。

『多少お人よしすぎるところもあるが、それが尚成の良い所だ』

そう言って、慰めてくれたではないか。

「俺はここにいるぞ！　おまえたちと違って、逃げも隠れもせん。言いたいことがあるなら、こっちに来て言ってみろ!!」

――おまえがこうなってしまったのは、俺のせいかもしれん。

自分のことしか考えられない己の勝手さが、由直を傷つけていたのかもしれない。思えば、彼ほど思慮深く胆力のある男が、誇り高くないはずがなかったのだ。毎度空回りして、慰め励まされ、たまたま吉野様に顔を覚えていただいた運の良さだけで、俺の方が先に出世し、親の縁故で、姫との縁談が決まり、それを恥ずかしげもなく、友に語った。

出世の筆頭と語られながらも選ばれず、それを聞かされる友の葛藤など、少しも考えなかった。

土龍は尚成に目標を定め、鎌首をもたげている。福治が無理やりに尚成の首根っこを摑んで引きずろうとしているが、力でいえば尚成の方が上のようだ。

幾千の顔が、口元を歪めて笑った。憎い相手をすり潰し、嚙み殺し、この視界から亡きものにできる——そういう暗い愉悦に浸っている笑顔だ。

尚成は仁王立ちになり、胸を張って、目前の土龍を見上げた。幾千の顔の中に交じった友の顔を捜し、見据えた。

おまえは、俺の朋友《ほうゆう》だ。だから逃げも隠れもしない。どうせここで呪いに殺されるなら、言っておきたいことがある。

深呼吸して、尚成は口を開いた。

「すまない、由直」

由直の顔から笑みが消えた。

「俺を呪わずにいられなかったおまえも、きっと苦しかったのだろう」

気が付かなくてすまなかった。自分のことばかりですまなかった。

尚成の言葉に、由直の顔がみるみる憤怒の情に染まり、歪んでいく。それがやがて憎しみに至り、鬼のような顔になった。

俺の心は、これほどおまえに届かないものなのか。

尚成は愕然とした。尚成の言葉は、ただ由直の暗い炎を煽りたてるだけだ。

兼久が、土龍の首元に噛みついた。深々と、白い牙がめり込んでいく。ずぶりと肉に突き立てる音がして、赤黒い血が噴いた。亡者の顔が、一斉に悲鳴を上げる。耳をつんざく断末魔は、洞窟の中で折り重なり合い、獣の咆哮のごとく轟いた。

由直が歯を食いしばり、血の涙を流して尚成を睨み付ける。白目が血に濡れ、顎を滴った。

「土気を剋するものは、木気。そして木気を生ずるものは、水気」

言いながら福治は袖をまさぐり、矢のようなものを取り出した。それは一本の小枝で、深緑色の葉が二、三残っている。葉の質感からして、橘科だろう。彼はそれに唇を押し当て、何か囁くと、

「そのまま取り押さえておれよ、蛟」

と言って、細く長く息を吹き付けた。小枝は一本の矢に変わった。まるで意思があるかのごとく、一直線に飛ぶ。するどい風切り音。それは軽やかに、土龍の胸へとつき立った。

土龍の動きが止まる。矢がつき立った箇所を中心に亀裂が走り、小枝に葉が茂り

はじめた。みるみるうちに深緑の葉の合間から白い花が芽吹き、咲き、黄色い実が生《な》った。体中の水分を奪われていくように、土龍が乾いていく。肥え太った身は萎み、ひび割れ、鱗のように生えた顔たちがしゃがれたうめき声を漏らす。

「神木の力はすごいな」

ふっと笑って、福治が零した。

次の瞬間、兼久の牙が、土龍の首を砕いた。乾ききった土塊を叩き壊すように、土龍の身が割れ、崩壊する。芯から震え上がるような断末魔が轟き、土龍の肉片があたりに降り注いだ。

尚成は咄嗟に手をかざして頭を守る。しかしそれは血の通った肉ではなく、ぼろぼろと乾いた粘土のようなものであった。

「か、兼久！」

兼久が地面に崩れ落ちる。尚成は着物が着崩れるのも構わず、兼久のもとに駆け寄った。

鱗が剝がれ、血にまみれ、嚙みちぎられた痕が痛々しい。真珠のように七色に光を弾く体は、血と泥で汚れ、くすんでいる。

兼久の血で染まった口元に、干からびた一匹の蚯蚓が落ちていた。髪が一本、巻き付けてある。これが、蠱毒に使われ、呪詛の化身となり果てた土龍の真の姿だ。

尚成はそれを粉々に握りつぶした。

兼久は力なく目を閉じて身を横たえている。深く、緩慢な呼吸。胴や手足に力が入っていない。

この有様を、かつて一度目にしたことがある。可愛がっていた犬が、病にかかって息を引き取る直前、こんなふうに、呼吸《いき》をしていた。

「なぜおまえは、そこまでして俺を……」

長い口吻を撫で、蛟の頭を腕に抱く。血と土と水と、山椒のにおいがした。

「分からないか……」

かたい鱗の感触が、柔らかなものに変わった。

顔を上げると、上半身を人の姿に変えた兼久が、満身創痍といった姿で横たわっている。

「兼久！」

「おまえは、覚えていないかな……」

言って、兼久は尚成の頭に手を添えて、そっと撫でた。

「俺は最初、虺《き》であった。生まれて五百年経ち、蛟となるべく、陵《おか》に上がる日がきた」

蛟はいずれ天に舞う龍に姿を変えるが、それまでに多くの姿を持つ。卵から孵り、水虺（水に棲む蝮《まむし》）となり、五百年の年月を経て、蛟となる。蛟は千年の後、龍と呼ばれるものに変ずるのだ。

「月が天に昇るのを待って、陵に上がるはずであった。だがその日は、川辺の猟師どもが蛟払いに鼈《べつ》を放ち、大漁を祈願する日であった」

水に潜んでいた兼久は、放たれた鼈に身を食われ、水から陸に上がって逃げた。しかし普段水に棲み、それも手負いの状況とあって、兼久は途中で力尽きてしまった。このうえは、血を流しきって息絶えるか、陽に照らされ風に吹かれて乾いて果てるか。

兼久は天を見上げながら、泣いた。

五百年、待った。水の中で空を見上げ、いつか龍となって天を駆ける日を心待ちにしていた。空に泳ぎ、どこまでも自由に彼方を征く。それが己の天命であり、生の意味であると知っていた。永い時を待ち、ようやく今日を迎えたというのに、天命さえ全うすることなく、こんなところで終わるか。

「そんな時、ひとりの童が現れた」

その童は兼久を見つけると、拾い上げた。

腹を食われ、二つに千切れかけていた兼久を腕に抱き、黒く円らな目で、

「泣いているの？」

と、あどけない口ぶりで問うた。

その童の背後には死の影が付き纏い、肺のあたりに靄がかかっていた。兼久の目に見て分かるほど、その童は死に近い、儚い命を生きていた。そしてその儚さが、死に瀕した兼久の悲痛な叫びを心で聞き取ったのだ。

「童は俺に血をかけて体を潤し、清浄な水に返してくれた」

その童は名を、南天丸《なんてんまる》といった。

「俺の幼名……」

南天の実は鎮咳薬とする。幼少のころ、尚成は肺が弱く、頻繁に咳をしては数か月止まらないことがよくあったので、南天の難を転ずるという掛詞にあやかって、その名を付けたと聞いたことがある。

「おまえは道に迷い、帰れなくなっていた。夜になり、俺は蛟となって、人の姿に変じることのかなう身となった」

長い手足、首から離れた胴、五本の指。まったく奇妙なものであったが、慣れると、虺であったころより、体に自由がきいて便利だと思った。

月は中天に昇っているが、助けてくれたあの子は大丈夫だろうか。兼久は慣れない二本の足で動いて、木の根元でうずくまっている童を見つけた。

触れると熱い。顔が赤く、震えている。南天丸は熱を出していた。

「俺は南天丸を負うて山を降りた」

兼久が尚成の頰を撫でる。冷たく、大きく、そして少し硬い掌。

ふわりと香る山椒のにおいに、靄がかかった記憶の向こう、遠い遥かに人影を見た。

思い出そうとすればするほど、記憶は遠ざかる。もやもやとしたまま、頭の片隅に漂っている。けれど、この記憶は、確かに尚成のものだ。

山で神隠しに遭ってからは、風邪ひとつ引くことなく――。

そう言った家人の言葉が脳裏をよぎる。

「俺は覚えていないが、幼少期、神隠しに遭ったことがあるという……。その折りに、俺と兼久は出会っていたのか？」

兼久は頷いた。

「おまえは肺が弱く、長く生きられないことは分かっていた。だから、俺は、おまえに憑いて山を降りた」

――あの子の熱は下がっただろうか。肺が弱いようであったが、咳はしていないか。

いつも見守っていた。病の気配があれば、病鬼どもを追い払って尚成から遠ざけた。虺であったころにはできなかったことを、蛟になってからはできるようになった。

人間に変じ、友人として側にいよう。俺の命の恩人だ。とても素直で良い子だ。きっと俺が、守ってやろう。

「……怖い目に遭わせて、すまなかったな」

――暗い山道は、怖くないか？

山道を行きながら、問う声が耳に蘇る。

かたく骨ばった、広い背中。首に腕を回して、背負われた。山椒のにおいがした。

長い髪が、頬に当たってくすぐったかった。

――一人じゃないから、怖くないよ。

――そうか。

ゆったりと揺られ、熱のこもった額を、冷たい項に押し付け、うとうとと目を瞑り――。

「……覚えているぞ……」

俺を背負って、山を降りてくれたな。怖くはないかと、聞いてくれたな。

尚成は、兼久を抱きしめた。

尚成が深くも考えずに施した恩をかたときも忘れずにいて、傷まみれになりながら助けてくれた。友のような、兄のような、この不思議な男を――いや、この不思議な生き物を、心の底から愛おしいと思った。

その時、大地が揺れた。

強い地震だ。ばらばらと天井から石礫が降りかかる。尚成は兼久を庇おうとしたが、強い力に肩を引かれた。

「崩れる。出るぞ」

「しかし、兼久が！」

「死んでいる」

兼久は尚成の腕の中で目を閉じていた。

「いやだ。兼久を連れて出る！」

「阿呆が！　どうやってそれを引きずって出るというのだ！」

福治が叱咤する。しかし尚成は抵抗を続け、兼久の亡骸を腕に抱いて放そうとしない。

福治は思い切り尚成の頬を殴った。

「蛟は水の化生。ここはその膝元だ。ここに亡骸を置いておけば、また再び生まれ出でることも叶う」

福治は強く尚成の腕を引いた。尚成の胸に身を預けている兼久の体に、すでに力はない。尚成は福治の手を振りほどき、両腕で一層強く兼久の体をかき抱いた。そしてようやく腕を解き、立ち上がる。

「走るぞ！」

福治が声を上げ、尚成の腕をひっつかむ。尚成は前も何も分からないまま、腕を引かれる方へとひたすら走った。

躓き、引っかかりながら、ようやく暗闇の中から飛び出る。冷たい水を頭からかぶり、足を踏み外し、水の中に落ちた。

滝だ。これは、滝つぼだ。

必死にもがく。尚成は泳げないのだ。

手足を必死に動かして縋るものを探すが、体はただ沈むばかり。

冷たい水で体が硬直して、うまい具合に動かない。口や鼻から水が入り、苦しさに噎《む》せる。

福治が尚成の腕を引き、岸から引っ張り上げてくれた。体の中に入った水を吐き出し、息を整えて顔を上げる。今しがた尚成たちが飛び出してきた穴は、地震によって天井が崩れ、塞がっていた。

兼久。

尚成は必死に友の名を叫んだ。喉が焼け焦げるまで、叫び続けた。

＊

その後の清川邸。

尚成は外を眺めていた。梅が散り、今は桜の蕾が萌え出ている。

池の近くに立っていた朱い鳥居は撤去され、元通りの眺めを取り戻している。

「身を起こせるようになったのなら、大丈夫だな」

これなら、今回出す薬が最後でいいだろう。

福治はそう言って、懐から薬を包んだ紙袋を取り出した。

「火傷した喉の具合も、良いころだろう」

尚成の声帯は、自らの声の激しさで焼けついていた。

尚成は庭から福治に視線を移し、尋ねる。

「あなたは何者なのだ」

あの後の記憶は曖昧《あいまい》であるが、なんとか屋敷に戻り、部屋に担ぎ込まれ、大熱を出して医者を呼んだ。その後、熱はある程度下がったものの、焼けついた喉はしばらく声が出せなくなった。しかしそれ以上に微熱が長引き、体が重く、倦怠感もあって一日の大半を床で過ごす日が続いた。

医者の出す薬とは別に、福治が時々清川邸を訪れては、紙に包んだ薬を置いていく。その薬はたいそうよく効いて、飲むと活気が漲り、食も進んだが、薬が抜けると再び気が枯れてしまう。弱った体に栄養を送り込むためのものだと、大叔母から聞いた。それを飲んで、無理にでも体を活気づけ、栄養を摂り、心身を回復に向かわせるためのものであると。

「しがない呪術師だ」

福治はそうとだけ答え、立ち上がった。

「体の方は回復した。あとはおまえの気力次第だ」

これで最後の診察と言っていたから、ここに来ることは二度とないだろう。

「面倒をかけたな。ほんとうに、礼を言う」

尚成が言うと、彼は肩で軽く笑った。

「礼を言うなら大叔母殿だ。多額の謝礼と、わざわざこの私に頭まで下げに来たのだからな」

もう二度と会うこともあるまい。福治は振り返らずにそう残して、部屋を出ていった。

『二度と会うこともない』

それが良いのだろう。

あのような外法の術をもって人を呪う者たちとは、金輪際、手を切る方がいい。

尚成は正直一途の路を歩むのが、いちばん性にかなっている。

薄紅色の花びらが、庭から迷い込んで尚成の膝元に落ちた。

兼久のことを、誰も覚えてはいなかった。

父も、母も、あれだけ兼久を部屋に案内していた家人たちでさえ、彼のことをかけらも覚えていない。忘れているというよりも、知らない風であった。兼久という存在だけが、すっかりみなの頭の中から抜け落ちているのだ。

彼の屋敷のあったところに人を遣ってみても、ただぼうぼうと草むらが生い茂っているだけで、屋敷など姿かたちもなかったという。兼久が持参した酒も厨になく、おそらく吉野の血縁であるというのも、きっと妖術かなにかの力によって、そう思い込まされていたのだろう。

故郷の山を離れ、人の姿に身を移し、人に紛れて暮らしていた。すべて、尚成の友として側にいるために。

そう思うと、兼久という生き物の健気さが心にしみた。

そんな友のことを語り合う者がいない。兼久を失った悲しみを共に呑んでくれる者がいない。

「尚成、様子はいかがです?」

梗子が顔を出す。尚成は慌てて背をただすと、深く首を垂れた。

今度のことは、大叔母が深く関わっていると、父母から聞いた。梗子が、福治に直々に頭を下げ、尚成の捜索を訴えたのだと。

尚成は恭しく頭を下げると、丁重に感謝の気持ちを述べた。梗子は口もとを微笑みに染めて、「よいのです」と優しい眼差しを尚成に向けていた。

「大叔母上さまは、あの呪術師といかな知り合いで?」

尚成の言葉に、梗子は微笑みを消して神妙な面持ちとなり、そして困ったように笑みを作った。

「古い、古い友人のようなものかしら」

遠くを見るような目で、梗子は尚成を見た。その中に、回顧や慈しみの情がある。しかしそれは、尚成に向けるものというよりは、他の誰かに注がれているように感じられた。

「あの人と関わり合うことになったということは、あなたはきっと、誰か大切な人を失い、信じる心を傷つけられ、人に対しても、己に対しても、打ちひしがれる想いをしたことでしょう」

けれど、その経験は、人に話したところで理解を得ることはとても難しい。同じことを経験した人でなければ、分かってもらえない。しかし、そんな人は滅多にいることはないだろう。だから、この度の尚成の痛みも、苦しみも、悲しさも、誰にも理解されない。分かってもらえない。口を噤んでひとり耐えるほかない。そういう、深く孤独な苦しみなのだと、梗子は言った。

福治と古い友人であるという、この人も、かつてそのような想いをしたのだろうか。

尚成はそんなことを思いながら、目じりに皺の浮いた、大叔母の顔を見つめた。

「あの人もきっと、尚成を見て驚いたことでしょうね」

くすっと笑って、梗子は口元を押さえた。

いったい何の話だろう。尚成が訝しく首を傾げると、梗子は小さく首を横に振った。

「事後のことは、こちらで万事整えてあります。福治殿には、せっかく法外の報酬をお渡しするのですから、しっかり面倒をみていただかないといけません」

梗子の言葉の意味するところを、尚成はすぐに知ることとなった。

数日後、近衛府から使いの者が清川邸を訪れた。使者曰く、一度衛門府に籍を戻し、追ってまた席次を準備するとのことである。鶴姫殺害の嫌疑について問われることはなく、また、そのことで検非違使が尚成のもとを訪れることもなかった。

やがて膨らんだ桜の蕾が花開くころ、尚成は、再び緋色の袍に袖を通すことになった。

久方ぶりの袍だ。弓箭も、冠も、剣も、すべてが懐かしく感じる。そして、緩んでいた身も心も締まる気がした。

また、明日から大内裏での勤務となる。

傷ついた病人の尚成は、今日で終いだ。明日からは、また、衛門府の一員として大内裏を守護する尚成が帰ってくるのだ。

しかし、完全に元通りではない。

得たものは何もなく、失ったものは多く——二度と取り返しのつかないものばかりだ。

尚成は、穴が空いたように虚しい胸に手を当てて、うららかに咲き誇る桜を見た。青く澄んで穏やかな空を見た。

鶴姫は雲の彼方の人となり、兼久のことを覚えているのは、自分ひとり。

いや、違う。あの呪術師――福治がいる。

――会いに行ってみるか。

尚成は吹き抜ける春風を浴びて、目を瞑った。


「ここが、福治殿の家か」

尚成は、茅葺屋根を載せた簡素な門を見上げて、息を吐いた。

梗子に頼み込んで福治の居所を聞き出し、家を出て男の足で歩くこと一時（約二時間）。車を使わず徒歩で、橋を渡って川を越え、里山に入り、さらに山を進んで中腹まで登る。よくあの年頃の梗子にこれだけの移動ができたものだと、つくづく感心せずにはいられない。

「俺を入れてくれ！」

そう大きく唱えて両手を合わせ、門の先へと足を踏み入れた。

山桜が咲き、野には愛らしい花が開いている。少し進むと、庵が姿を見せた。質素な造りだが、うららかな春の日差しを受けるその姿は、どこか趣がある。

「おい！　勝手に入るな！」

突然の叱咤に驚いて振り返ると、水干袴姿の童が、腰に手を当てて目じりを吊り上げている。

「す、すまぬ……！」

慌てて謝罪する。童子は何か続けようとしていたが、尚成を見て息を呑むように押し黙った。

「とうこ？」

「え？」

「……いや」

首を横に振って、童子は深くため息を吐いた。

「貴様、いったいここに何の用だ？」

白玉団子のような顔に、黒く艶やかな髪を結い、向こうっ気の強そうな表情をしている。ずいぶん威勢の良い童だ。客人を客人とも思っていない対応だが、それが許容される品のようなものが、この童には感じられた。

「福治殿はいらっしゃるかな」

尚成は腰をかがめ、童と目を合わせる。童は腕を組み、胡乱《うろん》げな顔で唇を尖らせた。男児の形《なり》をしているが、この子は女児だ。

「依頼か？」

「いや、礼を言いに来た。福治殿には命を救われたからな」

「ほう！」

童が円い目をさらに丸める。

「福治に救われた礼か……珍しいこともあるものだが、殊勝なこころがけ、気に入ったぞ」

そう言って、童は、福治の居所を尚成に耳打った。

福治は、ここから西に進んだところにある沢にいるはずだという。

「あの悪人が善行を積むとは、おまえ、運がいいな」

童は、悪戯な笑みで口元を染めた。

彼女の言葉通り、庵を西に抜けた沢に、その姿はあった。

山あいの、小さな渓谷。木々の合間から木漏れ日が落ちて、小川に降り注いでいる。山桜と青葉の楓が風にそよぎ、杉や檜の影が悠々伸びている。

のどかで暖かい、風の柔らかな午後。

そこに、福治はいた。

手に紙と筆を持ち、椅子に座して、鹿の親子を見つめている。

だが、その手元は動かず、ぼんやり眺めている、という様子だった。

尚成の気配に気付くでもなく、まるで魂を抜かれたように呆けている。その横顔は、まさにあの黄昏時に見た、橋下の幽霊のようだ。

ああ、やはりあれは、福治殿だったか。

こうして見れば、出で立ちも、姿も、容貌も、まったく同じではないか。

（やっぱり呪術師という職業柄、そういうもの《幽鬼の類》に近くなっていくのか……）

人に化けていた兼久が、まるで本当の人間であったかのように、呪に触れ続けた人間は、幽鬼に近くなっていく。もしそうならば、結局のところ、人も、化生も、幽鬼も、もともと似たり寄ったりのものであるのかもしれない。

「福治殿」

尚成が思い切って声をかけると、福治は緩慢な仕草で肩越しに振り返った。

「私は、二度と会うこともないと言ったはずだが」

冷淡に言い捨てて、福治は再び鹿の親子に視線を戻した。だが、親子はすでに山の中に戻りかかっており、見えるのは去っていく後ろ姿ばかりだ。

「礼を言いに来た」

「要らん」

そうつっけんどんに言い放つ手元の紙面は、白紙だ。

「絵を描くのか？」

好奇心のまま尋ねる尚成を、福治は横目できつく睨んだ。隠すように紙を巻き取って、袖の中にしまいこむ。

気に障ったかな。尚成は謝るべきかどうか、少しの間考えた。

「私への感謝より、あの蛟の墓でも作ってやったらどうだ」

福治が、辛辣な言葉で沈黙を破った。

『あの』蛟の墓。兼久のことだ。

「福治殿は、兼久のことを覚えているのか？」

「当たり前だ」

冷淡な返事だ。

しかし、尚成の胸にすっと風が吹き抜けた。

俺だけが覚えているのではない。俺以外の誰かの記憶の中にも、兼久の存在は残っており、それが、兼久が確かに存在したという証明なのだ。

自分だけがそれを知っている、という孤独が、胸に吹く風に攫われていった。

「福治殿が教えてくれたのではないか」

蛟は水の化生。水辺にその亡骸を置いておけば、また再び生まれ出でることも叶う、と。

「俺は、いつかまた兼久と会える日を信じている」

だから墓は要らない。いつかその日が来ることを、心の中で祈り続けるためにも。

「気楽な男だな」

嘲笑じみた笑みだったが、その中に微かな温もりがあった。尚成はそれを感じて、嬉しくなった。

誰にでも、一人で抱え、一人で乗り越えなければならない孤独や、苦しみ、痛みはある。胸に空いた穴は塞がらず、傷は残り、治ることは生涯ないだろう。だが、その痛みを負う者が世界に己だけの、一人ぼっちではないと感じることができたのならば、耐えることはできる。

――人に言えぬ俺の苦しみを知っている者が、確かにここにいる。

「……福治殿。俺は、あなたがいてくれてよかった」

小声で零すと、胡乱げに福治が眉を顰める。

「ところで、おまえの同期のあの男――朝野といったか。官位を退いたらしいな」

「……なに？」

「なんでも、死霊に付き纏われると言っていてな。それで眠れぬようになって、気の病に罹《かか》ったらしいぞ」

福治の顔に、強く嘲りの色が浮かんだ。冷たく、酷薄な笑みを浮かべる彼に、尚成は固唾を呑んだ。

「心当たりはある。……そうだろう？」

と言いながら、試すような眼差しで尚成を見る。

「福治殿。その死霊は、鶴姫ではない」

「分からんさ。それに、私は鶴姫だと一言も言っていない。おまえが勝手にそう思っただけだ。――つまり、おまえにとって彼女は呪い、祟り得るものということだ」

違うか、と問われて、尚成はしばらく押し黙った。

虚を衝かれた気分だ。

――鶴姫が、由直を祟る。

ありえない話ではない。そう考えてしまった、尚成自身が気付いてもいなかった部分を看破されてしまったのだ。

後ろめたい心地になって、言葉に詰まる。

しかし、尚成の胸の内にある鶴姫は、ただ微笑んでいる。

誰かを怨んだり、呪ったりせず、きらきらと笑っている。

「それでも……俺は鶴姫ではないと思うのだ」

「貴様がそう信じたいのだろう？」

ふん、と福治は鼻を鳴らす。

「——そうだ。俺は信じたい。あの女《ひと》が人を怨み、呪い、祟るためにこの世に留まっているとは、その苦しみの中にあるとは、思いたくない」

もし浄土《じょうど》というものが真にあるのなら、そこは彼女のものだ。

罪も咎もなく、無垢で美しい鶴姫が、祟りや怨みに囚われているとは思いたくない。

「しかし、もし本当に鶴姫であるなら、俺は由直のもとへ行かなければならない」

尚成が勇んで踵を返そうとすると、

「貴様は、心底愚かだな」

福治はつくづくそう言って息を吐いた。

「呪というものは、失敗すると術者へと返る。心当たりというのは、それだ」

「呪いが、術者へ戻ると……？　しかしあの蚯蚓は、俺が潰して……」

「あの蚯蚓は依代《よりしろ》だ。本質は別にある。貴様を仕留めそこなった呪は、目標を見失って主のもとへ戻った。人を呪い殺そうとする者は、己の墓穴もともに掘らなければならん」

「そんな……。由直は助かるのか？」

「さてな。貴様に施した呪いを、当人が受けることになっただけだ。どこまでその由直とやらが貴様を呪っていたか——当人しか分かるまい」

片口角を吊り上げて福治が嘲笑《わら》う。

暗闇の中、尚成を呪う由直の姿が脳裏に浮かぶ。やつれ果てた頬と、抜け落ちる髪。ぎらぎらとむき出しになった目玉。その昏《くら》い眼に、ぞっとした。

由直。おまえは、そこまで俺を……そんなに苦しむまでに、俺のことを呪っていたのか。

きっと、福治のもとを訪れるほとんどの者が、胸に想いを抱え、苦しむ者たちなのだろう。呪とは相手を害するものであるが、同時に己を蝕むものであり、呪う者も呪われる者も、結果的に見れば両者どちらも深く傷を負うものなのだ。

「——呪いとは、悲しいものなのだな……」

尚成の中には、皆で顔を突き合わせ、笑いあった日々だけが残っている。

呆れた顔で福治が息を吐いた。

「辛気臭い顔を……。どうせまた、くだらんことを考えているのだろう」

「……ああ」

だが、もう戻らないと思えば、その下らない日々の一瞬一瞬が、なんと儚く輝いていることだろう。

此度、尚成は多くのものを失った。しかし、それでも残されたものは確かにある。

己の命。再び衛門府の官人として働く日々。一度は失われかけた、かけがえのないもの。

「今日はこれで失礼する。いつか、福治殿の絵を見せてくれ」

「二度と来るな」

「また来る」

相変わらずの福治の答えに、尚成は破顔した。来るなと言ったぞ、と、福治がくぎを刺したが尚成は聞こえないふりをした。

そこから家路に就く足取りは軽く、身が羽根になったようだ。

姫の墓に参ろう。花をたくさん持っていこう。彼女のことを思うと、やはりまだ涙が溢れるが、鶴姫の両親の方が尚成よりもはるかに心を痛めている。そしてなにより一番かわいそうなのは、年若く命を閉じた鶴姫だ。

彼女をおいて、自分が悲しみに浸っていてどうする。

俺の取り柄は、愚直なところだ。融通が利かず、ばか正直で、ひとつこれと思ったら、それ一本になることだ。だから愚直なまでに真っ直ぐに生きよう。鶴姫が好いてくれた、この愚かで正直な尚成のままで。

尚成の前に優しく日は降り注ぎ、桜の花は芳しく咲いている。

――鶴姫。いつか九泉にて、お会いしましょう。そこで、あなたを永遠《とわ》の妻としましょう。

目を瞑って胸に手を当て、姫のことを思う。胸の中に、鶴姫の愛らしい哄笑が蘇った。

瞼を開けて深く息を吸い、顔を上げて、尚成は空を見た。

この出会いと別れが、尚成の奇妙な交遊録の始まりであった。

二話　金華の夜

衛門府《えもんふ》に勤める清川尚成《きよかわのたかなり》という男は、右近衛府《うこんえふ》にて少将の位を授かるはずが、妻となる女を鬼に殺され、神隠しに遭い、病みついて籍を戻されてしまった。

そんな噂話が、内裏で囁かれ、それは今や大内裏にまでおよび、末の者たちの耳にまで届いていた。もちろん、噂の張本人にまでも。

「今日もおまえについて、いろいろ聞かれちまったよ」

丸顔に愛嬌のある笑みを浮かべて、上友近《うえのともちか》は尚成の首を抱き寄せた。尚成より幾分低い背丈の友近は、そのぶん肉体は屈強な方で、尚成の身が重い方に傾いていく。

「悪いな」

「いや、なに。向けられる女房や姫君たちからの視線が心地よくてな」

ほら、あれが例の清川尚成殿のご友人よ。声をかけて話を聞いてみたいわ……などという女性たちの好奇の眼差しに、友近はまんざらでもなさそうに鼻先をかいた。

鶴姫《つるひめ》の死、そして兼久《かねひさ》が去って四十九日が過ぎた。

彼女の墓前に花を供えて手を合わせ、冥福を祈り、朝に読経して過ごすうち、尚成の心も凪を取り戻し始めていた。

「呪われ少将」という裏でのあだ名を時折耳にするが、気にするほどでもない。

驚くのは、福治《ふくじ》の影響力だ。厳格に捜査して犯人を挙げるはずの検非違使《けびいし》だけでなく、鶴姫の両親も、「娘は鬼によって命を奪われた」ということに納得し、また上の者もそれ以上追及をしない。尚成に向けられていた疑惑の念を、払拭してしまった。尚成もまた被害者の一人として――そして数奇で恐ろしい災禍に見舞われた武官として、一種の見世物のようになっている。

尚成の向かう先、さざ波のように耳打ち声が起こり、針のむしろのように視線が刺さった。しかし、直接尚成に声が掛からないあたり、何か抑止力のようなものが働いているのだろう。友近もこうしてできる限り尚成の側にいるよう心掛けてくれており、見知らぬ者が迂闊《うかつ》に声をかけづらい空気を醸してくれている。

「そういえば、由直《ゆきなお》はどうしているだろうな」

友近が呟《つぶや》く。尚成は、胸を刺される思いがした。朝野《あさの》由直はともに勤務に励む同僚であり、苦楽を同じくする友であり、尚成を呪った男である。彼は己の放った呪が返り、体調を崩して退官し、以降屋敷に閉じこもり、誰も寄せ付けず、ついに京を離れてしまった。

「……少しでも良くなっているといいな」

罪悪感めいたものを抱きつつ尚成が返すと、友近は「おう」と無邪気に破顔した。

「あいつがいつか帰ってきたら、また三人で飲もうぜ」

三人とは、尚成、由直、友近の三人だ。以前は兼久を含めて四人でよくつるんでいたが、友近の頭の中から、やはり兼久のことだけがすっぽりと抜け落ちている。

「ああ。いつかまた、皆で飲みたいな」

尚成は心の中で兼久の姿を加え、頷いた。

「あの、もし……」

か細く、頼りない声が、尚成の背にかかった。

「はい」

返して、振り向く。そこには、頬のこけた、有職紋付の立派な袍《ほう》を着た男が、おそるおそるといった具合で尚成を窺っている。

「いかがなさいました」

今、尚成は勤務中であり、大内裏の中を見回っている途中だ。弓箭《きゅうせん》、帯刀、巻纓冠《えいのかん》姿の二人を目にすれば、衛門府の者とすぐ分かる。

きっと何か困りごとなのだろう。用件を言い出し難そうにしている男に、尚成は笑顔で先を促した。だが、彼は意味深長な視線を友近に何度か向けるだけで、一向に口を開こうとしない。察した友近がその場を離れ、男はようやく安堵したように小さく息を吐いた。

「あなたが、清川尚成殿でございますか」

「はい。なにかご用でしょうか」

なんなりと申しつけください、と加えると、男は一瞬目を輝かせ、「おお――」と深々嘆息した。

「噂通りの御仁……」

男は涙声になって、ぐいと眦《まなじり》を拭った。

「お話ししたいことがございます。この後、お時間を頂けますかな……」

初夏の、日の長いころである。まだ辺りは昼のように明るいが、退庁時刻が目前に迫っていた。男の様子を見ると、よほど切羽つまっているらしい。骸骨のようにこけた頬と、目の下の隈が痛々しかった。

「もう少し待っていただければ、退庁です。そこで、お話をお伺いしましょう」

「それは、ありがたい……！」

男は目に涙を溜めて、頷いた。

数刻後、尚成の仕事が終わり、待ち合わせ場所の朱雀門の扉横に直行すると、男はすでにそこにいて、尚成を見かけるなり手を振って合図した。

男は名を、源朝輔《みなもとのともすけ》と名乗った。以前は恰幅の良い体形であったのだろう。それがすっかり痩せてしまったせいで、袍の肩が落ち、袖や脇がところどころ余っている。眉は太く、垂れ目で、幅広の輪郭でいかにも人のよさそうな顔付をしているが、今は顔色が優れないために、萎びた蕪のように見えた。

「それで、お話とは」

「清川殿、あなたは以前、大切な御方を鬼によって亡くされ、またご自身も神隠しに遭ってなお、無事ご生還なさり、こうして見事復帰されておられます。……そのことに、間違いはありませんな？」

朝輔は、声を震わせながら一気にそう言った。

興味本位による、事件の詮索とはまた、違いそうである。むしろ、そこには好奇というより縋るような悲痛さがあり、なにかとても重大で深刻な事情を抱えていることは明らかだった。そして、それは、おそらく尚成の経験した奇妙で悲しい事件に多少似ているのだろう。

尚成が黙って頷くと、朝輔は暗闇の中にようやく差した一筋の光を見る目で、尚成を見つめた。

「私の娘が……」

朝輔が苦いものを口に含んだ顔で、切り出す。しかしその先を進められず、言いよどみ、喉を鳴らして言葉を呑み込んだ。

「姫君が、なにかお困りなのですか？」

それは、鬼の類の仕業によるものですか。

尚成が視線にそう込めると、朝輔は浅く首を縦に振った。

「それで——今度の痛ましく怪奇な事件からご生還なさったあなたに、なにか助言いただければと……」

尚成は言葉に詰まった。

確かに尚成は悲惨な事件から生きて帰ったが、それは兼久や福治の尽力によるものので、尚成自身は無力と言って差し支えない。『呪われ少将』という侮辱的なあだ名のごとく、自分はただ呪われるだけの存在であり、助けられるだけの無力なものであった。彼はもしかしたら、鶴姫を殺《あや》めた鬼に尚成も攫《さら》われ、自力にて遁走《とんそう》を果たした剛の者とでも勘違いをしているのかもしれない。

「申し訳ない。私は鬼に詳しいわけでも、退けられる力を持つ者でもないのです。今度の件も、いろいろな者に助けられて……」

尚成が続けようとするのを、朝輔が頭を横に振って遮った。

「そう言わず、どうか一度、どうか一度だけ、娘を見ていただけませんか」

「しかし」

朝輔は強い力で尚成の手を取り、胸元に引き寄せて懇願を始めた。

「一度見ていただいて、これは手に負えぬと思われましたら、お断りなさってくださって結構です。だからどうか、どうか」

娘を想う父の一念に押され、尚成は頷かざるを得なかった。

導かれて、朝輔の邸宅に足を向ける。

皐月《さつき》の暮れは遅く、ゆっくりと日が落ちていた。やわらかな初夏の夕ぐれを共に歩きながら、朝輔は尚成を気にしつつ無言で歩みを続けている。尚成も、黙って彼の後に続いた。

この類の話が、己の手に負えないことは、明らかだ。無駄な希望を抱かせるのも罪悪感を覚えるが、しかしこれだけ困窮しているものを無下に扱うのも胸が痛む。ここは男の望み通り、一度現場を見て、真摯に断るしかない。

そう腹をくくったものの、いったいどんな恐ろしいものが待ち受けているかと思うと、胃の辺りがずんと重い。

恥ずかしながら、先の一件から、妙に暗闇が恐ろしく、物音に敏感になってしまった。木戸の隙間から覗く目がないかと不安に駆られ、アンアンと赤子のような猫の鳴き声に怯え、夜具に潜り込んだこともある。

朝輔殿は、他に頼る当てもなく、俺に縋る他道がなかったのだ。その俺が軟弱な態度を見せては、朝輔殿に対して失礼だ。恐ろしいことは恐ろしいであろうが、せめて見苦しいことのないよう努めよう。

「ここです」

朝輔の屋敷は、豪邸と言えた。

塀で囲まれた敷地は広く、母屋の他に離れがあり、表と裏それぞれに庭がある。その屋敷の大きさもさることながら、なにより見事なのは庭だ。翡翠《ひすい》色の池の縁には、白く丸い玉砂利が敷きつめられており、池のくびれたところに橋がかかり、桜、松、紅葉に石灯籠と竹などが、それぞれ池を囲むように配置されている。舟を浮かべて廻れば、四季それぞれの美しさを堪能できるようにとの計らいだろう。

「これは……なんと」

感嘆ものだ。池の翡翠色、そして玉砂利の白を基準にして、四季折々の木々の色が庭を彩る。

「夏には、舟遊びをしていたのですよ」

尚成の隣に立って、朝輔は懐かしむように言った。

にゃあと声がして振り向くと、塀の上に座って、黄色い毛の猫が尚成と朝輔を見下ろしている。日の当たりようによっては、金色にも見えて、美しい毛並みをしていた。

「キンカ」

朝輔が呼ぶと、猫はすいと目を背け、塀から飛び降りて姿を消してしまった。

「キンカ……猫の名前ですか」

「ずいぶん前からうちに寄りつくようになって、今では屋敷の住人の一人ですよ」

朝輔は乾いた笑いを見せた。

「こちらでございます」

そう言って、通されたのは母屋の裏、渡殿で繋がった切妻造《きりづまづくり》の小屋だった。後から付け足したのだろう。寝殿造の趣ある母屋とはまるで違って、質素といえば聞こえはいいが、どちらかといえばみすぼらしく陰気な気配が漂っている。それがどこか異様に感じて、尚成は背筋を震わせた。いったい、あの中には何が封じ込められているのか。

ちょうど、母屋の陰になって日の当たらぬ場所にあるらしい。表の門からは、決して見えないようになっている。隠すように建てられたそれは、まるで、美人の顔についてしまった瘤《こぶ》のような場違い感があった。

「今からお見せするもの、どうか他言無用にお願い致します」

睨むような強い圧の視線を向け、朝輔が念押しする。尚成は思わず半歩後退《あとずさ》り、喉を鳴らして頷いた。

「勿論です」

まだ多少半信半疑といった眼差しではあったが、それでも朝輔は「ありがとうございます」と口にした。滑るように進み出て、鍵を外して小屋の戸を開ける。滑りが悪く、耳障りな音を立てて戸が開く。

そして尚成は、息を呑んだ。

六畳ほどの、何もない板の間。腹の膨れた少女が、夜具の上に横たわっている。色の抜け落ちたような青い顔。顔の半分は痘痕《あばた》で覆われているが、控えめで小さな鼻や、ぷっくりしたおちょぼ口から、あどけない可憐さを感じた。閉じられている両の目が開いたら、きっと雛人形のように愛らしいのだろう。それゆえにいっそう、疱瘡《ほうそう》の痕が痛々しく惨たらしかった。

腹の様子から身ごもっているのかと思ったが、どこか違和感がある。いったいなぜだろう。尚成は身近に身重の女というものがいないが、それでも、普通の妊婦とは違うらしいことはなんとなく分かった。

妊娠しているというよりは、餓鬼のようだ。というのも、華奢な少女の、本来であれば平らなはずの腹だけが、土を盛ったようにこんもりと膨れ上がっている。

「お休み中に、良いのですか」

顔色が悪い。頬もこけている。お雛様のような顔立ちだが、まるで病人のようだ。

朝輔が燭台に火を灯し、戸を閉めると、小屋の中は陰気な闇に包まれた。日の光の差し込まない、まるで外の世界からまるまる切り取られてしまったような空間は、よりいっそう少女の姿を不気味に見せる。

「大丈夫です。と、いうより、及子《ちかこ》は目を覚まさないのです」

「目を覚まさない？」

「もうずうっと、飲まず食わずで眠りつづけたままです。まるで死んだよう……」

そう言って、朝輔は及子と呼ばれた娘の肩をそっと揺すった。何度そうされても、肩を叩かれ、耳元で名を呼ばれても、彼女が目を覚ますことはなかった。

「下女の話によりますと」

朝輔は横たわる及子の顔を眺めながら、口を開いた。

「時折、本当に稀なことですが、夜に数度、この子の話し声を聞いたというのです」

下女が厠に立った時、偶然耳にしたのだ。

月の明るく大きな夜、なにかと楽しそうにおしゃべりをする及子の声を。

しかし、扉には外側から鍵がかけられている。耳をつけてみると、及子は一人で話し、一人で笑っている。そして次の日にはまた生ける屍のように眠り続け、一向に目を覚まさない。その後、二、三度、家の者が、彼女の話し声を聞いた。すべて真夜中、満月の日のことである。

尚成の腕を摑んで、朝輔が尚成を及子の側に引き寄せる。

「と、朝輔殿……」

「ほら、触ってください。こんなに冷たいんです」

朝輔は尚成の手を及子の額に置いた。

ぞっとするほど、冷たい。およそ生きている人間のぬくもりと思われない。のっぺりとして冷たくて、まるで鱗のない魚のようだ。

「でもね、医者は、生きているというのです」

次に、尚成の手を及子の鼻先に当てた。かすかだが、そよぐものがある。息だ。息をしている。咄嗟《とっさ》に、尚成は手をひっこめた。まるで死人が息だけしているようだ。

「ね……？」

朝輔は尚成の非礼を責めるでもなじるでもなく、いたって真面目な顔で、これが現実であると尚成に同意を求めるような顔で、尚成を見た。

「赤子も、動くんです」

おぞましいものを見るような目つきで、朝輔は少女の膨れ上がった腹を見た。すでに臨月を間近に控えているのが、ひと目で分かるほどに大きい。

「この子がこうなって、いつの間にか膨れ始めて……。果たして本当に、人間の赤子なのかどうかも……」

朝輔の独白に、寒気がした。この世のものでないかもしれない、しかし確かにこの世に生きているそれは、いったい何であろう。

「尚成殿。稀に見るという強力な鬼の手から生還された貴殿は、いかが思われますかな」

尚成の項に汗が浮いた。

この爽やかな初夏の、穏やかな夕暮れに、暗く日の差さない小屋の中で、死体のように眠る身重の少女と、やつれた父親。

ただ尚成には、首を横に振ることしかできなかった。


瞼の裏に、あの父娘の姿が焼き付いて離れない。

自宅に帰り、念のため禊《みそぎ》を行って、尚成は床についた。しかし目を閉じれば、今日見たばかりのあの光景がありありと脳裏に蘇る。

――おぎゃあ。

耳の奥で、赤子の泣き声がした。

驚いて身を起こす。辺りを見回すが、当然、どこにも赤子の姿はない。そもそもこの家には、赤子などいない。

気のせいか。きっと気のせいだ。あの父娘を気にしているせいで、風の音を聞き間違えたのだろう。

――おぎゃぁ。

聞き間違いであってくれと祈ったが、どうやら違うらしい。尚成は竦み上がりながら、夜具の中に潜った。

ああ、やはり断れればよかった。朝輔殿の屋敷に行かなければよかった。これは明らかに、今日のあの赤子の声ではないか。

目を瞑り、耳を押さえ、体を丸めて必死にやり過ごしていると、ふと嫌なことに気が付いた。

この声、先ほどよりずいぶん鮮明に、近く、そして耳に息が当たるような生々しさを伴っている。

まさかと思って目を開けて、後悔した。

肩に、小さな小さな、肉厚でぶよぶよした短い腕が掛かっている。

おぎゃあ……。

耳朶に押し当てるように、それは囁いた。血の気が失せて、尚成はそのまま失神した。そして、夢を見た。

暗闇の中、身を丸めて漂っている。

温かく、ふわふわして、とても居心地がいい。低い地響きのような音が聞こえる。時々名前を呼ばれて、撫でられる。

母上の手だ。尚成は嬉しくなって身をよじり、治子《はるこ》の手を探した。うふふと笑う声が降ってくる。

「母上……」

幸福のうちに呟いた時、ぐるぐる景色が回り出した。頭上から白い光が放たれる。周囲がうねり、身を揉んで光の中へ押し上げようと蠢《うごめ》き始める。

眩しい。目を力いっぱい瞑り、掌で瞼を覆った。瞼の裏の血管が赤く透けて見える。ややあって、激しい光が止んだ。おそるおそる瞼を開けると、そこは、源邸のあの小屋の中だった。

薄汚れた夜具の上に横たわっている。薄い寝間着を着ている。いったい何がどうなっているのやら。

　身を起こそうとして、腹の重さに驚いた。平らな胸の下に、土饅頭のようにぽこりと膨れた腹がある。息苦しさと痛みに、尚成はうめきながら身を伏せた。腹が、今にも弾けそうなほど張っている。腹の中の異物が内臓を押しつぶし、胃が肺のあたりまでせり上がっている。胸が詰まったような苦しさ。押しつぶされる内臓の痛み。そして膨れ上がった腹膜の緊張に、夜具の上を転がる。横向きになると多少ましという程度で、すぐにまた腹を抱えながら体位を変え、奥歯を噛み締めて、息苦しさや痛みや軋む肉体の苦しさに耐えなければならなかった。

「ううう～～っ」

　堪えても苦悶の声は漏れる。脂汗が滲《にじ》む。

　なんだ、これは。いったい何なのだ。

　わけの分からない苦痛に打ちのめされながら、尚成には耐えることしかできなかった。

　冷たく濡れた何かが、尚成の腕に触れた。赤く濡れた、小さな肉厚の手のひら。爪の短い、まるで蛙のようなそれは、赤子の手のひらだった。

　尚成の口から、言葉にならない声が漏れる。

　この赤子、まだ目も開いていない。頭の先からつま先まで赤い血で濡れ、粘膜で包まれている。赤子ではない。これは胎児だ。

　胎児の膨れ上がった両眼。一本の切れめが走っているだけの瞼が、ゆっくり開く。

胎児と目が合う。

尚成はぞっとした。胎児の目は、猫のように縦長の瞳孔をしていた。

これは人間の目ではない。化生のものの目だ。

尚成は悲鳴を上げながら飛び起きた。体中が汗にまみれている。全身の倦怠感。胸やけを起こしたように気分が悪く、冷たい水を喉に流し込んでも、いっこうに胸のつっかえはとれなかった。


次の日からだ。夜具に入ると、あの赤子の気配が尚成を悩ませるようになった。数度おぎゃあと泣いて、姿を消す。現れるのは夜具の中、枕元、そして耳元のいずれかである。決して姿は見せないが、声をたてたり、髪を触ったり、体の上を這いまわったりと、前回の土龍のように実害はないが、これが地味に恐ろしい。塩をまいても効果はないし、陰陽師に頼むのもまた事態を悪化させそうで怖いしで、こうなれば、駆け込む先はひとつしかない。

「おまえはどこまで阿呆なのだ」

腕を組み、蔑《さげす》むような目で、福治は尚成を見下ろした。

ぐうの音もでない。庵の客室で小さく縮こまりながら、尚成は深々頭を下げた。

「おまえはただ怯えて竦み上がっていただけで、呪や悪鬼悪霊に対抗しうる力などかけらも持ち合わせていないと、その男によくよく説明すべきだったな」

そういう類は、簡単に人に伝染《うつ》るのだ。のこのこ行って残滓《ざんし》を貰ってくるなど、どうしようもない阿呆がすることだと、福治は厳しく叱責した。

「申し訳ない……」

いっそう深く、頭を下げる。

「それで、福治殿にお祓いはお願いできるのだろうか……」

窺うように上目遣いに見上げると、福治は鼻を鳴らして顔を背けた。

「そんな些末な滓《かす》ごとき、この庵の門をくぐった時点で消滅している」

驚いて顔を上げると、福治は居丈高に鼻先を持ち上げてふんぞり返った。

「呪術師が一番怖いのは、同業者だからな。一定の結界を張っておくのは、常識だ」

結界に掛かって、尚成のそれも跡形もなくなったという。

「福治殿であれば、朝輔殿の御息女の件も」

「断る」

尚成の言い終わらないうちに、福治が一刀両断した。

「福治は、妊婦や胎児の絡むものは一切ご免こうむっているからな」

そう言って縁側からひょっこり顔を出したのは、水干袴《すいかんばかま》姿の童だ。揚げた餅を手に、上機嫌でかじりついている。

「そうなのか……」

「ああ。ところでタカナリ、この菓子は美味いな」

「うちで作ったものだが、作りすぎてな」

いいい、また今度も持ってこようと言うと、童はぱっと顔を輝かせた。

「また来るつもりか」

福治が顔を顰《しか》めると、すかさず童が、

「どうせ客も少ないし、おまえも友がいないから丁度いいではないか」

と、尚成の肩を持った。

「みむろ、いつからこの男に買収された」

「己《おれ》は己の好きなように振る舞っているだけだ」

みむろと呼ばれた童は、目を細めてくつくつ笑った。

「福治殿、どうしても駄目か」

「どうしてもだな」

「一度、容態を見てやるだけでも、駄目か」

「初めて会った男の娘のことなど、おまえがそこまで気にするほどのことではなかろう」

すっぱり言い捨てられて、尚成は言葉を呑んだ。

「だが……」

憐れだった。

本来であれば、美しく着飾って、手毬やかるたで遊び、楽器や歌を嗜《たしな》み、若い日々を謳歌するはずの少女が、陰鬱で暗い小屋にひとり、何かに心身を蝕まれている。

なにより、あの日見た夢。あの悪夢はもしかしたら、少女の腹の中にいるもの
——人間であれ、化生であれ、少女を母としているあの胎児が、少女の苦しみを伝

えようとしたのかもしれない。

　そう考えた時、叫ぶことも泣くこともできず、傍目にはただ眠っているだけの少女がどれほどの苦痛に耐えているのか、その孤独はいかほどのものかと思うと、胸が破れるように痛んだ。

　異形の胎児は、あの少女を助けてほしいのかもしれない。

「眠ったまま目を覚まさなくするような呪いはあるのか？　あのように腹が膨れていくのは、呪や鬼の仕業ではないのか？」

「私にはいかんとも言い難い話だ。なにせ、体のことは医者の領分だからな」

「医者ではどうしようもないから、そういった奇怪な目に遭った俺に話を聞きに来たのだろう」

　力む尚成に、福治はなんとも冷ややかな視線を差し向けた。尚成はぐっと喉を押さえられたように、口を噤む。

「その場その場の感情だけで動く、無能で無力な奴が一番の害悪だ」

　その真理は、尚成の胸を突いた。

「見るだけでも、と言ったな？　だが呪の類には、見るだけ、聞くだけで伝染るものがある。私がその娘を見て、呪にかかればおまえはどうしてくれるんだ？」

　福治は呪術師だから、自分で対処できるだろうという勝手は、通らない。巻き込むということは、相手へ責任を持つということだ。その覚悟もなく、むしろどうにかしてもらえるのではという期待を持って、安易に切り出した尚成を、福治は厳しく非難している。それは同時に、朝輔への非難でもあった。

「万が一の時は、私の代わりに呪を受けて死ぬ覚悟で言っているんだろうな？」

「そ、それは……」

「おまえも、前回身に染みているだろうが、呪とは『関わること』そのものが死に繋がる。軽々しく関わっていいものではない」

確かに、その通りだ。尚成は、己の不明を恥じた。軽々しく頼むことではなかった。

「それに」

と、福治は眉間の皺を深めた。

「おまえ、その源朝輔とやらに謀られたぞ」

意外な一言に、目を丸める。

「私は一度、その話を断っている。源朝輔がおまえのもとに行ったのは、おまえが私に泣きつくとでも思ったからだろう」

「なんと……」

思いがけない話に、丸まった背筋が伸びた。

「だが、俺と福治殿はそんなに親しくないはずだ。ここに来るのも、まだ四度目くらいだし」

「己は、毎度タカナリの土産を楽しみにしているぞ！」

「用事もないのに来られるのは心底、迷惑だ……」

泣きつくだとか、俺が福治殿に話を持っていくはずであるとか、朝輔がなぜそう考えるということになるのだろう。

尚成が首を捻ると、みむろが笑った。

「それだけ、タカナリの一件は変則的なことだったのだよ」

身を乗り出して、みむろが頰杖を突く。余計なことを言うなとばかりに、福治はみむろを睨み据えた。だが本人は気にするでもなく、得意になって話をしてくれた。

「ふだん絶対に依頼者に干渉したり深入りしたりすることのない福治が、わざわざ内裏に出向いてタカナリの事件の後始末をしてやったのだ。お陰で、なにひとつ咎めをうけたり不利益を被ったりすることはなかっただろう」

それは知らなかった。

梗子《きょうこ》は、「高い報酬で頼むのだから、しっかり面倒をみてもらおう」と言っていたが、そこまで世話してくれていたとは。

「それは……なんとも申し訳ない」

それだけの恩恵を受けておいて、さらにこちらの希望を通そうなどとは厚顔無恥このうえない。尚成が深々頭を下げて謝罪すると、みむろは福治に横目で視線を送った。

「安請け合いをして、人に頼ろうなどと俺が甘かったのだ」

立ち上がって去ろうとするところを、福治の咳払いが止める。

「それで、おまえ一人でどうするつもりなのだ」

「分からない。だが、今度あの赤子の怪異が現れた時、一度話してみようと思う」

「怪異と話すだと？」

「怪異とはいえ、子は子、親は親だ」

尚成は、夢に見たことを二人に話した。その夢の中で感じた母への感情は、きっと胎児も同じなのだろう。あの怪異が、尚成の「子」としての情に訴えているように思われてならない。ならばいっそう、あの娘も、異形の胎児も、憐れだ。

「タカナリは、怪異や化生にも、情けや心があると思うのか？」

口を開いたのはみむろだった。いやに神妙な顔をしている。口を横一文字に結び、尚成の返事を待つその面持ちに、気圧されるものがある。

「この世に、情けや心のないものは、ないのではないか？」

尚成の素朴な答えに、みむろは微かに口元を緩めた。

「阿呆め。その赤ん坊は話せないから、そうやって夢に見せたのだろう」

みむろが縁側をよじ登り、尚成の隣に並ぶ。

「おい、福治。タカナリを助けてやれ」

「なぜ私がそのような面倒事を？」

「己はタカナリが気に入った。タカナリのかわりに、己が報酬を払ってやる」

「……ほう」

福治が顎《あご》を手で摩った。

「お、おい……」

　この童、福治に仕えている身で、えらく大きな態度に出たものだが、大丈夫なのだろうか。尚成の心配をよそに、みむろは腰に手を当てて福治に交渉を持ち掛けている。童のくせに、その姿はどこか様になっていて、福治と対等かそれ以上に思えた。


「己の力、おまえも知っているだろう」

「悪くない」

　福治は頷いた。腰を上げ、尚成の肩を軽く叩く。

「どうやら貴様は、ずいぶんな誑《たら》し者らしいな」

　なんという言い草だ。尚成が抗議しようと福治を睨むと、彼はすでに部屋を出て庭へと足を向けていた。

　いつの間に移動したのだ。まるで幽霊のように、神出鬼没な動きをする。

「よかったな、タカナリ」

　みむろが、尚成の袖を引く。尚成は慌てて腰を落とし、みむろに視線を合わせて礼を述べた。

「しかし良いのだろうか。みむろは、福治殿に仕える身では？」

「なんと呆れた！」

　尚成の言葉に、みむろが落胆した様子を見せる。

「己は福治に仕えているのではない。一緒にいるだけだ」

「なに……」

「飽《あ》いたら、どこへでも好きに飛んでいくぞ。みむろは何にも仕えず、縛られず、また何も縛らない」

片口角を吊り上げ、勝気な笑みを浮かべる。その表情は、十歳そこそこの童に似つかわしくない威厳と狡猾さが滲んでいた。

「己は今、少しだけタカナリに興味が湧いた。だから助《す》けてやる。それだけだ」

今だけのことであること、ゆめゆめ忘れるな、と、言い捨てて、みむろはぴょいと縁側から外へ飛び出していった。

「わ、分からん……」

この庵の住人たちは、果たして人か魔物か。尚成は首を捻りつつ、頭を掻いた。しかしどちらにせよ、悪い者ではあるまい。菓子を手に庭を駆けまわるみむろの姿を眺めながら、尚成は微笑《ほほえ》ましさに口元を染めた。

*

数日後、尚成は福治を伴って朝輔のもとを訪れた。

文を出して事前に伝えてはいたが、福治を見た朝輔は感激で目を輝かせて、眦《まなじり》に涙さえ浮かべていた。

「これで娘は大丈夫ですな、きっと大丈夫ですな……」

と言わしめる福治とは、いったいどれほど名の知れた呪術師であるのだろう。改めて、尚成は福治の持つ知名度を思い知った。

涙を滲ませる朝輔の背後で、猫がじっと尚成と福治を見つめている。キンカと呼ばれていた猫だ。尚成が気付いて視線を返すと、一声鳴いて草むらの中に姿を消した。

「及子殿の容態を診せていただきたい」

福治の言葉に、朝輔はすぐ二人を及子のもとへ導いた。

その小屋に入るなり、尚成はまた重たく陰鬱な気持ちになった。療養するには日当たりの悪い部屋。陰気で湿気が強く、及子をすっかり日の下から隔離してしまっている。

「失礼」

福治は眠った及子に一声かけると、額、首筋、手首、腹など、いたるところに触れ、また、枕元や布団の下などを確認した。

ひと通り好きに調べると、福治はふむと頷いて、及子から離れた。

「いかがですか」

問われて、福治は何も答えなかった。この奇妙な状態に、答えようがないのだろう。

血も鼓動も温もりも、体は瀕死の状態にあるのだが、本人は穏やかに、安らかに眠っている。弱々しい呼吸をして、口元に微笑みすら浮かべている。

「これに心当たりは？」

福治は金色の毛を数本指で摘み、朝輔の前に差し出した。針より細く、質感はやわらかで、綿毛のようだ。人間のものでないことは、明らかだった。

「猫の毛……？」

尚成が呟くと、朝輔は「ああ」と気が付いたように手を打った。

「キンカではないでしょうか……」

「キンカ？」

「猫です。毛色が、薄い黄色の猫で……この子が、とても可愛がっておりました」

あの猫のことだ。先ほど、じっと福治と尚成の動向を眺めていた、大きな猫。

「それが何か？」

「胸元や枕についていましたので」

「キンカが擦り寄った跡かもしれません」

朝輔は深く肩を落とした。

「いつごろからこの状態に？」

悲愴な面持ちの朝輔を前に、福治が話を切り替える。

「もう半年以上前から」

「一年は経っているか？」

「いえ……この子がこうなりましたのは、昨年の晩夏ごろですので」

「ちょうど十月《とつき》前か」

腹の大きさを見て、指折り数える。十月十日、ちょうど赤子が育ち、生まれ出るころだ。

「しかしそれでは、昏睡してから妊娠したのか、妊娠してから昏睡したのかが分からんな」

昏睡の原因がこの腹にあるのか、それとも妊娠と昏睡は無関係の現象であるのか、あるいは昏睡したことがこの腹になんらかの影響を及ぼしているのか。

「この子の部屋は、まさかここだけではありませんな？　できれば、及子殿が使っていた寝室を見せていただきたい」

「それが……その」

朝輔が言いよどむ。福治が訝しげに片眉を吊り上げた時、

「これは何事です!?」

怒りに満ちた女の声が陰鬱な空気を裂いた。

「あっ、文子《あやこ》……！」

「あやこ？」

「及子の母親でございます」

朝輔が素早く答える。福治はほうと口吻《こうふん》を尖らせ、目の前の貴婦人を見た。その挑発的な目の色を察して、尚成が福治の腕を引く。

「邪魔をするな」

だが、福治はそう尚成に耳打ちして、文子夫人の前に進み出た。

美しい女だった。豆のように小さな顔。殿上眉の下に、眦のきゅっと上向いた目

元、筋の通った鼻先、唇は上品に薄く、鮮やかな色の紅をのせている。

なんと美しい女だろう。尚成は、逆光を纏う文子を見て素直にそう思った。

「あなた。ここに人を招き入れてくださるなと、私はあれほどお願いしました」

澄ましきった表情は変わらないが、明らかに目が吊り上がっている。

「あのだな、福治殿は御高名な呪術師で、彼ならば及子をなんとか……」

「殿方が三人で、及子を見世物のようにしているのですか」

「見世物などと、文子殿も選ばれる言葉が悪い」

福治が軽く笑った。

きつい眼光が福治と尚成、そして朝輔を睨み据えた。視線で身を焼き尽くされそうだ。空気を伝って、厳しく、険しく、そして激しく、文子が憤っているのが分かる。文子の背後に、般若《はんにゃ》の顔が浮かんでいるようだ。容姿端麗な女だが、その美しさが迫力となって怒りに鬼気迫るものを添えているのだろう。尚成は、心中で竦み上がった。

「出ていってください」

背筋を伸ばして、文子が福治を睨む。冷静さを取り繕おうと細めた目には、明らかな敵愾《てきがい》の色が浮かんでいる。

「しかし、このままでは及子殿が危うい」

「その子はただ眠っているだけです。なにも危ういことなどありませんわ」

何を言っているのだ。

尚成は戦慄した。

眠っているだけ。

生きてもおらず、死んでもいないような状態で、ただ眠っているだけ。それは明らかな異常だ。

「このままでは及子殿のお命が」

咄嗟に尚成が進み出ると、今度は尚成に敵意のこもった眼差しが向いた。

「あなたはお医者様なのですか？」

「い、いえ……」

「その子は眠っているだけです。高名なお医者様も、そう仰っておりました。それより、このように殿方らによってたかって、見世物扱いされる方が、よほどかわいそうです」

「しかし、医学では分からないことが姫の体の中で起こっているかもしれません！」

尚成が言葉を返すと、文子の表情が一変した。

尚成は思わず息を呑む。

文子は目を剝き、小鼻をひくつかせ、口元は歯を見せて容貌を崩し、尚成を睨んでいる。あれほど端麗な容姿が、苛立ちや憤りといった感情に歪んでいた。

「出ていけ。出ていけぇええええ!!」

拳を振り上げ、思い切り木戸に打ち付ける。まさに般若が憑依したような形相だ。

朝輔が慌てて尚成と福治の腕を摑み、渡殿を小走りに抜けた。角を曲がり、文子の姿が見えなくなったころ、ようやく立ち止まる。

「苛烈な奥方ですな」

福治が鼻を鳴らす。朝輔は、すみませんと深々頭を下げた。

「それであの、何か及子のことで分かったことは？」

「ある」

力強く頷く福治に、朝輔は「おお」と縋るような表情を見せた。

「しかし、まだ確信はない。推測を裏付けるために、確認することがいくつかある」

「そ、それはどのような……!?」

「半端なことは言わん主義だ。だが、必ず報告はしよう」

それと、と、福治はくぎを刺すように目を輝かせる朝輔に指を立てた。

「私が真相を解明することが、及子殿を救うことに繋がるわけではないということを、よくご理解いただきたい」

一気に、朝輔の顔が崩れた。

「私は人助けが専門でもなければ、医者でも坊主でもない。呪術師、つまり呪ったり呪われたりする。ただそれだけの者」

「そんな――」

殺生なことを言わないでください、と、続けたくても続けられないのであろう。

確かに、それはそうだ。呪い呪われることを行う者にとって、及子の容態は専門外であろう。もし仮に、呪いによって及子が昏睡しているというのなら、きっと話は別なのだろうが。

（と、いうことは、及子殿に呪いの類は掛けられていないのか）

　では、そのほかによることが原因か。

「奥方も相当お怒りのようだ。我々は、今日のところは引き上げます」

「あ……、は、はぁ……」

　福治の言葉に、朝輔はただ浅く頷く。その姿は先ほどよりまた一回り小さく見えて、尚成は胸が痛んだ。

「及子殿に、呪いの類はかけられていないのか」

「ああ。いない」

　源邸を出たところで、尚成は福治に及子の容態を問うた。

「では、いったい何なのだろう」

「分からん。呪でないことは確かだが」

「妊娠と昏睡は因果関係が？」

「それも断言できん」

「だが、及子殿はあれだけ痩せこけているのに、腹だけがこんもり大きいのだぞ。まるで生命を吸い取って膨らんでいるような……。やはり、なにか関係があるのではないか？」

「逆の可能性もあるだろう。あの腹の中のものが、及子に生命を送り込んで生きながらえさせているとしたら？」

福治は尚成を横目に見た。

「あの腹の中の胎児は、及子《母親》をどうにかしてほしがっている――とおまえは思っているのだろう。だとすれば、少なくともあの腹の中のものは及子の味方だ」

「それは俺の勘であって、そうだという確証はない。もしかしたら、俺が間違っている可能性もあるんだぞ」

「こういう時の勘は、案外正しいものだ」

断言する福治に、尚成は半信半疑で押し黙った。

「あの手のものは、意外と、正しく意思疎通できる相手を見定めて選んでいる。おまえがそう直感したなら、そうなんだよ」

そんなものなのか。尚成は首を傾げた。

「ところで尚成。もう少し歩く速度を緩めてくれ」

福治が視線で後ろを示す。尚成が立ち止まって振り返ると、十二、三ほどの少年が、二人のあとを走って追いかけていた。

「ちょっと待ってください！」

息も切れ切れに、少年は腕を振る。

「おまえは？」

尚成の問いかけに、少年は足を止め、何度か深呼吸して顔を上げた。

「オレは牛雄《うしお》。源家で世話になっているものです」

水干袴に、髪を縛っている。見たところ、使用人らしい。

「あの……お二人は、及子様のことでお越しになったと聞きましたが」

「ああ。どうにか朝輔殿のお力になれればと思って来たのだが……」

追い返されてしまったよ、という尚成に、牛雄は暗い顔を作った。

「文子様は、及子様のこととなると感情的になられるので」

「母が娘を想うのは当然だ。多少感情的になっても仕方のないことだ」

とはいえ、文子のそれは、少し感じが違っていたが。とにかく、尚成にはそう評することしかできない。

「坊主。なにか言いたいことがあるのだろう」

尚成を押しのけて、福治が進み出る。そして単刀直入に本題を切り出した。少年は福治の圧に押されて、さっと視線を落とす。

「あの……えっと……」

もじもじと袖の中で指を弄り、歯切れ悪く牛雄が言いよどむ。

「オレからもお願いです。どうか、及子様を助けて差し上げてください！」

ひと息に言って、牛雄はその場で深々と頭を下げた。

「おまえ、あの家に仕えてどれほど経つ？」

福治の問いに、牛雄は指折り数えて、七年と答えた。

「オレが親を病で失くして孤児になった時、拾ってくださったのが朝輔様です」

「そうか。朝輔殿は、心の優しい方なのだな」

孤児を拾って養い、昏睡した娘のために、あれほど心を砕いておられるのだ。尚成は今更ながら、朝輔という人物の懐の温かさを感じた。

そう思うと、文子の姿が美しすぎることに気が付く。あの状態の我が子を見ても、狼狽することもなく、憔悴した気配もなく、美しく身なりを整え、紅までさしていた。

「そんなことはどうだっていい。それより、及子の様子がおかしかったのはいつごろからだ？」

福治の問いに、牛雄は、

「ちょうど、夏の終わりごろ」

と、朝輔と同じ返事をした。

「では、そのころ、彼女の身の回りで何か妙なことは起こらなかったか？」

「……いえ……とくには……」

答えるまでに、わずかに間があった。

牛雄はそれまで、福治の問いに即答する傾向があった。それが、ここに来て回答に間を持たせるということは、思い当たることが何かあったのだろう。

「あったのだな？」

福治の追及に、牛雄が「んっ」と小さく唸る。

「そのころ……というわけではないし、見当違いかもしれないんだけど……」

牛雄は額を掻いて、上目遣いに福治を見た。

「数年前に、朝輔様と文子様が再婚なさって、一緒に棲み始めた」

「それは初耳だな」

福治が興味深げに顎を摩る。尚成も、予想外の言葉に驚いた。

「そうなのか……？」

では、及子殿と文子殿は、直接の母娘ではないということか。ならば、正直、文子の言動にも納得できる。文子は、及子ほどの子を持つ母としては美しすぎた。

「及子様は、文子様のお子です」

尚成の推測を打ち消すように、牛雄が答える。尚成は、金づちで頭を殴られたような気がした。

「なるほど。牛雄とやら、源家の家族構成を教えてもらえるか？」

「はい！」

牛雄は勢いよく答えた。

朝輔と文子は互いに再婚であり、朝輔の元妻は、牛雄が拾われたころにはすでになく、周囲によると、はやり病で亡くなったらしい。二人の間には息子が一人いて、名を源清光《きよみつ》という。

「おお、あの清光殿か」

尚成のあいの手に、福治が「知り合いか」と尋ねた。

「知り合いではないが、笛の名手で有名だ。噂ではたいそうな色男で、友近がよく羨ましいと話していた」

恋文を送っていた目当ての女房を取られたとかなんとか。

「清光様はたいそうお顔の整った殿方ですが、決して浮ついたお方じゃないです！」

尚成の言葉を強く否定する。その勢いに、思わず尚成は気圧されて謝罪した。

「話が逸れたな。続きを」

福治に促され、牛雄は咳払いをひとつ。少し得意気味に話しだした。

清光が元服し、亡くなった妻の忘れ形見をしっかり世に送り出して数年、朝輔は再婚を決めた。相手は、同じく再婚の文子という女性で、娘が一人。それが、及子だった。

「最初及子様を見た時、顔の痣にびっくりしたけど、オレたちはすぐ及子様のことが大好きになった」

「及子殿は、どのような女子なのだ？」

「賢くて優しい。漢詩も読めるし、なにより本当に、すっごく優しいんだ」

どこか誇らしげに、牛雄が答える。

「オレは、清光様と及子様から文字を教わった。読み書きもできる」

自分の名前も書けるんだと、嬉しそうだ。

「怪我していたキンカを拾ってきたのも及子様だ。もうじいちゃん猫だから、優しくしてあげないとって、餌もやってた」

警戒心の強いキンカも、及子様にだけは懐いていたと、牛雄は語る。

「……あまり文子殿の話は出てこないようだが？」

尚成の素朴な一言に、牛雄は気まずそうに視線を落とした。朗らかな色がすっかり失せ、また袖の中で指を弄りはじめる。

「まあ、今日ので推して知るべしというところか」

福治が言うと、牛雄は申し訳なさそうに俯いた。

「文子様はよく、及子様のことを『お化け』と言っていた。『おまえのそれは、白粉《おしろい》でも隠せない、醜いものだ』と」

尚成は言葉を失った。お化けというのは、顔の痣を指してのことだろう。及子とて、好きで痣を作ったわけではない。誰にも起こりうる、本人の力ではどうにもならない不運だ。それも女子にとって、顔の半分を覆うあの痣はどれだけ辛いだろう。それを、じつの母がなじるとは。

「だけど、朝輔様も、清光様も、屋敷の使用人みんな……、お、オレだって、及子様のこと好きだ……。みんな、及子様のことお化けだなんて言わない。最初はびっくりしたけど、そんなこと思ったこともない」

仄かに頬を染めて、牛雄が言う。尚成は、

「そうか」

と手を伸ばして、少年の頭を撫でつけた。彼は頬を朱色に染めて、唇をもごもごときまり悪く動かした。

「あの……それで、及子様のことで、ひとつ気になることがあって」

牛雄が口を開いた時、彼を呼ぶ声が遠くから届いた。男の声だ。「あっ」と顔を上げて、牛雄が振り向く。

「しまった、用事を頼まれていたんだった」

舌打ち混じりに、牛雄が零す。尚成と福治は互いに顔を見やって、頷き合った。

「良ければ、今度来た時聞いてもいいか」

尚成の言葉に、牛雄は力強く頷く。固く約束を交わして、少年は足早に屋敷の方へと戻っていった。

「及子殿は、みなに慕われる女子なのだな」

「腹の子は父親か兄貴の子であったりしてな」

福治の言葉に、揶揄《からか》うような響きがあった。尚成は、気が付けば福治の袖を摑んでいた。

「福治殿。言って良いことと、悪いことがあるぞ」

「呪いとは、およそ倫理にもとるもの。私は呪を扱う者だ。道徳的でいては、務まらん。一度呪われたおまえが、一番分かっているのではないか？」

福治の言葉に、尚成は返す言葉がなかった。

それでも、尚成の目に、朝輔は良い父親のように見えた。娘の異常事態に心を砕き、奔走している。その姿は、真実のものであろう。それを疑い、貶すようなことは、口にしたくないし耳に入れたくもなかった。

だが、それは尚成の希望であって、真実を求めるならば、福治のようにあらゆる可能性を視野に入れ、物事の本質を見極める力が必要なのかもしれない。

尚成は、拳を解く。福治は無言で、よれた袖を整えた。

「すまない」

　己の短慮を謝罪する。福治はフンと鼻を鳴らし、足を進めた。

「一度、調べてみるといい」

「なに？」

「源家の人間たちについてのおまえの見解を、私に教えてくれ」

「なぜ……」

「たとえどれほど善良であろうが、一皮むけば人間などみな同じ。食欲と性欲と睡眠欲の塊よ」

　悪戯を思いついた子どものように、福治は口元に意地の悪い笑みを浮かべて尚成に誘いかける。

「しかし、おそらくおまえの見解は別だろう」

　あたりだ。尚成は、及子の子の父親が家族内にいるとは考えられない。血は繋がっていないとはいえ、家族である以上、守るべき一線はある。

「おまえのような者には、あの一家ははたしてどのように映っているか、興味深くてな」

　どうだ、と、福治は勝気な目で尚成を見た。そこには純粋な好奇の色が浮かんでいる。尚成にとってそれは、まるで人の不幸を玩《もてあそ》んでいるようで、決して愉快なものではなかった。

「……人の不幸で遊ぶような真似は好かん」

だが。

「しかし、それで少しでも及子殿が救われるなら、引き受ける」

尚成の返事に、福治は喉を鳴らして笑った。

「では、そちらは頼んだぞ。私は私で、調べることがあるからな」

ひらひら手を振って、福治が先を行く。尚成は口を結び、足早に歩いて彼の隣に並んだ。

「だが、きっと朝輔殿も、朝輔殿の御子息も、此度の件、関わりがないはずだ」

「なぜそう言い切れる?」

「勘だ!」

尚成の言葉に、福治は噴き出して笑った。

*

さて、まずはあの一家の人となりについて知る必要がある。

朝輔、及子、文子、残りは清光。尚成はまず、清光という男について探りを入れることにした。

探りを入れる、とはいっても、主たる情報源は友近だが、彼の耳目はなかなか聡い。

「清光殿のことが知りたい?」

　尚成の言葉に、友近は意外そうな顔をした。尚成の口から出る名前とは思っていなかったのだろう。

「そりゃいったい、なぜ」

「清光殿は笛の名手であろう。俺も笛を嗜んでみようかと思っていてな」

　それで興味が湧いたと答えると、友近は納得したらしい。

「まあ、俺も詳しいことは知らんのだが」

と前おきして、源清光という男の主たる噂話を聞かせてくれた。

　なんでも、ずいぶん色素の薄い男で、肌は透き通るように白く、髪は薄っすらと黄色がかっているらしい。それでいて彫りも深いものだから、先祖に異国の血が流れているのでは、と、女房たちは甘美な夢や空想を抱いて語っているらしい。また、一見細く華奢に見えるが、意外にも体格は良いらしく、襟や袖から覗く逞しい首筋や腕に見惚れるとか。睫毛が長く、顎が小さいので、横顔がとても美しいだとか。

「それはすべて、女子から聞いたことか」

「おう、よく分かったな」

「分かるとも」

　なかなか、男同士で外見を誉めそやしあうことはない。肝心の人となりについては聞けなかったが、なるほど、清光はよほど女人に人気の出る男の典型らしい。

「顔が良くて、歌がうまくて笛が吹けて、それでいて浮ついた話のひとつもないとくれば、そりゃあ女たちは持て囃すよなぁ」

友近は心底羨ましそうに、深くため息を吐いた。

「せめて俺も顔が良ければなぁ。男前の衛門府とくれば、女たちの方がほっておかないぜ」

と言って、なにか思い当たったかのように、首を傾げた。

「たしかそんな奴がどこかにいたような……」

驚いた。それはおそらく、兼久のことだ。

記憶は消えているはずだが、しかし、完全に消え去っているわけではないのか。

ううんと唸る友近を見つめながら、尚成は胸の底が締まった。

いかな妖術をもってしても、かつてともに在りし日を、完全に消し去ることなどできないのではないか。人の心とは、それほど奥深く、思い出を刻み込めるものではないのか。

「気のせいかなぁ」

ついに思い当たらなかったらしい。肩を竦めて空を仰ぐ友近に、尚成は心の中で、

「それは兼久だ、俺たちの仲間だった男だよ」と、静かに答えた。

「時折、宴《えん》の松原や宜秋門《ぎしゅうもん》付近で笛を嗜んでいるらしいぞ。運がよけりゃ、貴公子殿の笛を聞けるかもな」

その響きには、揶揄と嫌みの棘が含まれていたが、友近の屈託ない笑顔によって毒気はなかった。尚成は、友近のこういうおかしみのあるところが好きだった。

宴の松原とは広い松林で、大内裏の西側にある。幸い、今日の尚成の巡回範囲に

入っているので、運が良ければ出会うことはできそうだ。

そしてどうやら、その日、尚成は幸運だった。

昼下がりの巡回。尚成は応天門から出て大内裏の見回りを始め、西側を一巡りする足で宴の松原に向かった。

広い松林で、木々が茂り、建物はひとつもない。ゆえに、夜であればこのあたり一帯が漆黒の闇と化すが、陽の下であればのどかな松林だ。宜秋門に行き当たるまで、ぐるりとまわってみるかというつもりで、足を踏み入れる。普段であれば、そこまで入念に巡回することのない場所であるが、今日はいつもより余分に時間を割き、気を払ってみるつもりでいる。

が、そんな注意はさして必要ではなかった。松林に入ってすぐ、尚成は笛の音を耳にした。

「これは……」

木々に木霊して、空から降り注ぐ調べは、まさに天上の音楽。角のない音は柔らかく、優美で、しかしのびのびとしてとても自由だった。

耳を澄ませ、音の出所を探りながら足を進める。

そこで、尚成は天人の姿を見た。

枯れて倒れた松に腰かけ、太陽の日差しを受けながら、その天人は音曲を奏でている。光を浴びて輝く髪は黄色味を帯びて、肌は白砂のように白く、薄く上品な唇は桜色をしていた。まるで絵の中から抜け出たような、美貌の男である。袍を着ていなければ、この世の人と思われなかったであろう。太陽の光を纏う姿は眩く、息を呑んだ。それほどに、青年の姿は清く、光に満ちていた。

足元で、音が鳴った。枯れた松の枝が、足の下で真っ二つに折れていた。

慌てて足を退ける。音曲はすでに止んでいた。顔を上げると、青年がじっとこちらの様子を窺っている。

目じりの垂れた、優しい雰囲気の顔立ちをしている。しかし眉尻が上に伸びあがっているので、優しげではあるが気弱な印象はなかった。

「笛の音が聞こえたもので」

尚成が必死に声を絞り出すと、青年は、「ああ」と気が付いたように手元に目を落とした。

「申し訳ありません。うるさかったでしょう」

「そんなことは！」

うるさいなどと、とんでもない。まさに天上の音楽であった。

「おや」と、青年は首を傾げた。

「では、御武官殿がわざわざこちらに足を御向けになったのは……」

「本当に、笛の音が素晴らしかったからです。つい足が誘われてしまい……」

清光を捜していたことも確かだが、それ以上に笛の音色が美しく、聞きほれて足が誘われたのだ。騒音だなどとは、とんでもない話だ。

「私は清川尚成と申します」

尚成が名乗ると、青年はふっと微笑みを浮かべた。

「ご丁寧に。私は源清光」

やはり彼が清光か。噂に違わぬ美貌。そしなにより珠玉の音を奏でる。

「笛の名手であるというお噂はかねがね聞いておりましたが、これほどまでとは」

尚成の称賛に、清光は少し照れくさそうな笑みを見せた。

「私も、尚成殿のお噂を聞き及んでおります」

尚成は気まずさに視線を落とした。呪われ少将の名を、清光も知っているらしい。

だが、尚成の予想に反して、清光が持ち出したのはその噂ではなかった。

「武官でありながら、箏《そう》の名手でもあられるとか。清川邸の前を通る時、あなたの箏の音を聞くことができたら、稀な幸運であると」

お世辞にしても、褒めすぎだ。聞いているうちに、耳まで熱を持つのが分かった。

「そこまで言われると、恥ずかしいですよ」

こそばゆくなって頰を搔くと、清光がにっこり目を細めて笑った。

「尚成殿。こちらにどうですか？」

清光は快く腰を横にずらし、尚成の場所を空けてくれた。どうやら悪印象ではないらしい。尚成は言葉に甘えて、清光の隣に腰を下ろした。

静かだ。松の陰に、建物の姿は隠れている。日差しが天から降り注ぎ、松の緑がきらきらと輝いている。外界の音は木の幹に吸い込まれ、耳に入るのは鳥のさえずり。人々の声や姿はすべて遮断されている。大内裏とは思われないほどに人気のない、静かで、穏やかな時間だけが流れている。

「私は、人の中に交じる時間が多いと、頭痛がするんです」

気恥ずかしそうに清光が零す。

「だからたまにこうして、誰もいない静かなところで気を休ませているんです」

「それは……邪魔をしてしまって」

「いいえ、とんでもない。ちょうど、一人は飽きたところでしたので」

清光の気遣いに、尚成は胸打たれた。

彼の物腰は柔らかく、言葉は丁寧で、表情にも険がない。奏でる笛の音色同様に、心地よく、優しい青年だ。こんな見るからに繊細な男に、踏み込んだことを聞かなければならないのが心苦しい。尚成は思い切って、話を切り出した。

「……先ほど私の噂を耳にしたことがあると仰っていましたが」

清光が尚成に視線を向ける。訝るでも、疑うでもなく、ただ言葉の先を待っている。ああ、この男は心に邪念などないのだろうなと、尚成は思った。

「箏の噂以上に、行き届いているあだ名があります」

まさか知らないはずがないだろう。

『呪われ少将』

忌まわしい事件と、苦々しい真相を含んだ、そのあだ名を。

「存じています。ひどいあだ名です。人が一人亡くなった。それも若い姫君が……。それを揶揄して」

清光の眉宇《びう》は憤りに曇った。

「あなたは婚約者を亡くされ、さらにご自身も神隠しに遭われているのに、ひどすぎるあだ名です」

その憤りの本質は、優しさだ。尚成に対する気遣いと、周囲の無神経さ、そして後ろ暗い好奇心に対する純粋な義憤。清光は名の通り、心の清い若者であった。

「私は、その事件が元になって、貴殿の、あなたのお父上から、妹君の件を依頼されました」

こんな心の清い者に、こんな惨いことを聞かなければならないのかと思うと、手が震えた。侮辱にもほどがある。

「単刀直入にお伺いします。妹君の腹の御子の父親は、あなたですか？」

清光の顔から、一切の色が消えた。その端整な顔から感情が消え失せる瞬間、尚成は背筋が粟立った。

しかしすぐに気を取り直したのか、頭を左右に振って繕った笑みを浮かべる。

「及子が妊娠など……何かの間違いでは？」

清光が尋ねる。

「いえ、確かにこの目で見ました」

毅然と答える。

「――そもそも、及子は病気のため、琵琶湖のほとりの寺院で療養していると聞き及んでいます」

そんなところで妊娠などあるものでしょうかと、清光が初めて疑いの色を見せた。

琵琶湖のほとりの寺院で療養？

「いいえ……及子殿は、ご自宅におられます」

病身ということは確かだが、源邸の、日当たりの悪いあの小屋で、一人寝かされている。

「まさか！」

清光が思わずというように立ち上がった。

「及子は肺の病気を患って近江《おうみ》に療養に出たと、父上から聞いています！」

「清光殿……」

「げんに、及子は家から姿を消しました。昨年の夏以降、一度も姿を見たことはなく……」

困惑を極めているのか、清光が頭を押さえて蹲《うずくま》った。慌てて尚成が駆け寄ると、清光は顔を真っ青にしている。

「すみません、立ちくらみが……」

「いえ……。とにかく、木陰に入って休みましょう」

清光を助け起こし、木陰まで付き添う。彼はずるずると崩れるように腰を落として、膝の間に頭を抱えた。

「確かなのですか？　及子が、じつは家にいて、しかも妊娠しているというのは……」

「確かです」

尚成の答えに、清光は言葉を詰まらせた。その狼狽ぶりはいっそ憐れなほどで、尚成の胸が疼いた。胸に抱いて背を撫でさすってやりたいという、一種の庇護欲のようなものであろう。清光は人のそういう欲求を刺激する類の男らしい。

「初対面のあなたの言葉を、信じろと？」

喉を絞り出して、ようやく出た言葉がそれだった。

「信じられないなら、私と一緒に確かめられますか？」

尚成の言葉に、清光は顔を上げ、一瞬の思案の後、首を横に振った。

「確かめるなら、自分で確かめます」

清光の言葉はしっかりしていた。

「確かに、私も父も及子を可愛がり、愛情を注いでいました。けれど、それは家族として、娘として、妹として」

だんだんと気分が落ち着いてきたのか、清光の顔に血の気が戻り始めている。尚成は内心安堵の息を吐きつつ、彼の言葉に耳を傾けた。

「父と母の間には女の子……つまり、私の妹ですが……本来ならば、もう一人両親の間に生まれるはずだったのです」

父と母、ここでは、清光の実母であろう。

「しかし、残念ながら、生まれる時に臍《へそ》の緒が首に絡まって……。それ以降母は気を病み、耐え切れずに自ら命を絶ちました」

なんといたましい。

しかし、尚成はある矛盾に気が付いた。

たしか、清光の母は病で亡くなったはずだ。それを、清光は自死だという。

「お母上は、病死では……」

「それは、世間体を考えてのことです。母の死を面白おかしく探られるのも嫌だったので……。病と言っておけば、妙な勘繰りを入れられることもありませんから」

なるほど、と、尚成は内心頷いた。

納得したのと同時に、清光の心の傷を素手で抉っているようで、罪悪感に駆られる。尚成にしてみれば、鶴姫のことを疑われ、無神経に問いただされているようなものだ。胸の中で、何度も清光に詫びた。

「及子は、その妹が生きていればちょうど同じ年頃の娘でしたので、父の可愛がりようは、目に入れても痛くないほどでした」

清光の目元に光るものがある。

「私……、いえ、僕も同じでした。兄上と呼ばれるたび、名もなく葬られた妹がそこにいるような気がして。それに及子は、何にも分け隔てなく心の優しい娘でしたから、皆に好かれ、僕自身も、そんな及子のことを誇りに思っていました。僕は時間のある時に下男らに手習いをつけていましたが、本格的に彼らに読み書きを教えたのは及子です」

牛雄と同じことを、清光も話している。

みなに分け隔てなく心の優しい娘。顔に大きな痣を持っているが、清光も牛雄も、まったくそのことについて触れない。あの大きな痣は、彼女を評するのになんら影響を与えない。二人の清い目には、痣などないのも同然なのだ。

朝輔と、牛雄と、清光は腹の子の父ではない。尚成は直感的にそう思った。

「きっと、父や義母《はは》には言い出し辛いのでしょう。年端の近い僕が及子に会い、直接話を聞けば、兄の私にならば赤子の父親が誰であるか話してくれるのでは……」

「それは無理です」

その理由を聞かせることは酷であったが、正直に話さなければ彼は納得しないだろう。

「離れにて、ずっと昏睡されております。原因は分かりません……。私は、御父君から、及子殿の異常を治す依頼を承りました」

清光はさらに絶句する。尚成はかけるべき言葉を探して、視線を彷徨わせた。

「私は昨年の春、家を出ました。今は、妻と共に暮らしております。まさか家が、そんなことになっていようとは――」

清光の洋々たる前途を邪魔すまいという親心であろうか。朝輔と文子は、清光に及子の件を伏せ、一年近く隠し続けていた。第三者の口からことを聞かされて、さぞかし、動揺したことだろう。尚成は心底、清光を憐れに思った。

「色々と不躾に申し訳ありませんでした。妹君のため、力を尽くして頑張ります」

「尚成殿……」

尚成の言葉に、清光が強く唇を噛み締めた。両手で尚成の手をすくって、強く握りしめる。その骨張った手の大きさに、少しどきりとした。

「お願いいたします。僕に手伝えることは、なんでもお手伝いいたしましょう」

力強い言葉だった。声には芯が通り、言葉尻は重い。

なるほど、清光はたんなる優男というだけではないらしい。一本の筋をしっかり通した強さも併せ持っている。

「必ず、及子殿を日常に返して差し上げましょう」

尚成の言葉に、清光は力強く頷いた。

とはいえ、尚成の手腕では限界がある。誰か人を遣って、源家のことを聞きこませた方がいいだろう。尚成は、家の中で一番人懐っこい顔をした菰平《こへい》に聞き込みを頼んだ。

「分かりました、あの家の事情や評判について、調べてくればいいんですね」

赤くふっくらとした頬で目を細めて、菰平は笑った。年のころは二十五になるが、背も低くころころとして、肌艶の良さが愛嬌をかもしだしている。また、声質も柔らかく、言葉も丁寧なので、人に打ち解けやすい質《たち》だろう。

「仕事を増やして、悪いな」

「いえ、いえ。重大なお役目です。しっかり全うしてみせますよ」

詳しい事情を問わないあたりが、この男の聡いところだ。のんびりとした、お人よしそうな見た目をしているが、頭の回転は速い。

そんな菰平が、牛雄からの伝言を持ち帰ってきた。

「牛雄という少年から、明後日の夕刻、源家の裏門で待っていると伝言を貫いましたよ」

菰平は帰ると、いのいちばんに尚成に牛雄の言葉を伝えた。尚成は菰平のために水を一杯差し出しながら、彼を労った。

「ありがとう。して、どうだった？」

「そうですねぇ」

菰平は短く丸い指でこめかみを掻き、「ううん」と小首を傾げる。

「文子という奥方は、たいそう美人で若いころは天女のあだ名を持っていたそうです。だけど、娘御の方は、昔かかった病が原因で、ちょっと痣が残ってしまったようで」

菰平は、言葉を選びながら話す。

「かわいそうなことですよねぇ。好きで、病気になったわけでも、あとが残ったわけでもないのに」

という言い方から、近所でも、及子の容姿について知れているらしい。

「だけど、文子様は、いろんな医者やら祈禱師やらを頼って、及子様の顔の痣をどうにか消してあげようと頑張っていたみたいです。日夜、お屋敷にそういう方が出入りしていたとか」

「そうなのか……」

牛雄の言葉から、文子は及子に対して酷い仕打ちをしているのかと思っていたが、意外にも、文子も文子で、及子のために力を尽くしていたのか。

尚成は、心のどこかで安堵の息を吐いた。

「で、文子様は再婚のようですが、どうやら前夫は亡くなっているようです」

尚成は眉を顰《ひそ》めた。

夫は亡くなり、娘は病にかかり、その痣を消してやるために必死で医者や祈禱師を呼び――文子の苦労を思うと、僅かでも彼女の母性を疑った自分が恥ずかしく、情けない。

「前夫は、文子様と婚姻する前から愛人がいたらしく、毎晩のように通っていたそうですよ。で、その日も愛人のもとに赴く途中、夜盗に遭ったようで。従者もろとも、身ぐるみ剝がされた遺体で発見されたとか」

そこで話を切って、菰平は水で口を濡らした。

そのような話、尚成では相手が恐縮して話したがらなかっただろう。着ているものや所作が格式ばったものには、警戒心が働いて口が重くなる。その点、菰平の庶民的な身なり、話しぶりは、話す者たちの口を軽くしたことだろう。

妻があって愛人のもとに通う男の気持ちとは、どういったものであろう。尚成には分からない。妻を持ちながら、自分の愛する女のもとに毎夜通う――。そんな夫の姿を間近で見続けた文子の気持ちは、共に暮らす伴侶に顧みられなかった妻の気持ちは、いったいいかほどであったのか。妾のもとへ通う途中で死んだ夫を見た時、彼女は何を思ったのだろう。想像すればするほど、暗い気持ちになる。

「朝輔殿や、清光殿については？」

「それがもう、まったく悪い噂のないお二人でした」

「ほう」

「朝輔様は結婚してからも文子様一筋で、どこにも通われている様子はなく、清光様もすこぶる美男子なのですが、清廉な御仁らしく、結婚されるまで浮ついた噂のひとつもなかったとか」

　こうして聞くと、源家は素晴らしい家庭だ。それがいったい、なぜ、このような災禍に見舞われているのか。あるいは、表側からだけでは分からない闇が、渦巻いているのか。


　牛雄との約束の日、尚成は、少し早く仕事を切り上げて源家の裏門へ向かった。裏門は使用人の出入り口や、不浄ものの出入り口としても用いられる。どちらにせよ裏門は位の高い者は使用せず、袍のままでは目立つので、尚成は途中、菰平に服を持たせて待たせた。

「裏門の側には柊の木が植えてありますので、その木のもとで待ち合わせをしたいとのことです」

　朱色の袍を畳んで布に包み、菰平に預ける。直垂《ひたたれ》に小袴《こばかま》姿の尚成を見て、菰平は軽く苦笑いを零した。

狭い路地裏を通り、源家の裏門へ足を向ける。表の大通りと違い、人通りは少ない。少し先の塀の側に、一本の柊が立っている。あれが牛雄の言っていた裏門の柊であろう。

鮮やかな青い衣の男が、裏門から姿を現した。透けるような肌に、黄色みがかった髪。遠目からでも、それが清光だと分かる。

咄嗟に、尚成は近くの低木に身を潜めた。

清光は足を止め、振り返る。門の向こうに誰かいるらしい。できるだけ息を殺し、木々の陰から覗き見た。白い腕に、赤地に黄色い花の刺繍の袖が見える。じっと目を凝らして観察する。筋の通った鼻先と顎が見えるが、その容貌は明らかでない。

一歩、二歩、女の足が清光に寄った。陰になっていた顔が、明らかになる。

筋の通った鼻筋、豆のように小さな白い顔。鮮やかな口紅の色に、眦の上向いた目。文子だ。ただし、その表情は初めて見た時のそれとはまったく違う。顎を引き、上目遣いに清光を見つめ、その口元は羞恥を含んだ微笑みに染まっていた。清光へ向けられる艶っぽい眼差しが熱を帯びているのが、遠目からでも分かった。目じりを吊り上げて憤っていた姿とはあまりにもかけ離れている。

清光が何か礼を述べている。文子は口元を手で隠し、身を傾けて笑い声を立てた。手を伸ばしてそっと清光の肩に触れ、片手で頰を包み、首を傾げて顔を覗きこもうとする。

一瞬、二人は口付けをするのかと尚成は思った。

しかし清光は足を一歩二歩後ろに退いて、文子との距離を保った。

清光は洗練された仕草で文子を避け、深々頭を下げて踵を返していった。足早で、振り返ることもない。文子はしばらく清光の背を見つめていたが、彼が振り返らないと察するや否や、冷めたようにすまし顔に戻った。踵を返し、家の方へ戻っていく。

親子のそれというより、まるで男女の気配が感じられたのは、気のせいだろうか。

「尚成様」

心臓が跳ねた。振り向くと、驚いた顔の牛雄がいた。清光と文子に集中しすぎていたらしい。背後に迫っていた牛雄の気配にも気付かないとは。

「これ……」

牛雄は懐に手をいれて、一通の紙を取り出した。

見たところ、何の変哲もない文だ。尚成はそれを受け取って、光に透かして見た。歌のようなものが書いてある。開いてみると、「及子」という宛名はあれど差出人の名はなかった。

「及子様のお部屋で見つけたものです」

これは何か手がかりになるものかもしれない。尚成は牛雄に手厚く礼を言うが、牛雄はどこか後ろめたそうに、曖昧《あいまい》な言葉で返事をする。

「あの……尚成様……、その……」

何か言いたいことがあるが、言葉が歯の奥に引っかかっている。牛雄はそんな顔をしていた。

「どうかしたのか?」

尚成が肩を叩いて促すと、牛雄は胸のつっかえを吐き出すように、ぐっと喉に力を込めた。

「お、オレ、及子様がこうなる前に、一度、見たんです。及子様のおられる対《たい》で、深夜、物音がして。オレ、気になって様子を見に行きました。そうしたら、清光様と及子様が、抱き合っていて……」

清光と及子が、抱き合っていた?

眩暈《めまい》がした。

先日会った清光は、嘘偽りを言っているようには見えなかった。ただただ驚いて、動揺して、困惑して、尚成に協力する意志を見せていた。その清光が、寝所で及子と抱き合っていただと?

腹の中で、冷たいものと熱いものが同時に湧いて渦を巻く。澱のようなものが胸に溜まって、気分が悪い。吐き気がする。

「尚成様、顔色がすぐれませんが……」

「大丈夫だ」

気分の悪さを堪えて、平静を繕う。

しかしあまりここには長居したくなかった。

牛雄に礼と別れを告げ、自宅へ戻る。部屋に入り、誰も来ないか気を張りながら、念入りに戸締りをする。国家の重要機密でもなんでもない、ただの文である。だが、それほどまでに、重要で、罪深く、そして重大な告発文のように思われた。

重い気分を堪えて、文を開く。指が震えていた。いったん文机《ふづくえ》に紙を伏せ、深呼吸して、気を鎮めた。丹田《たんでん》に力を込め、己の正気をしっかり確かめてから、その手紙を白日のもとに曝け出した。

どこか不器用でぎこちない、文字の形。それは文というより、ひとつの美しい歌だった。

美花不及麗人姿　――美しい花も、この麗しい女性の姿には及ばない
野山風来桜花芳　――野山に風が吹き抜けて、桜が芳しく香る
花顔玉容髪風揺　――花の顔、玉の肌、髪は風に揺れて
若雲上天女転生　――もし雲の上の天女が生まれ変わったとすれば
会於此桜花下逢　――きっとこの桜の下で出会った人だろう
春日清風光満　――春の日は風清く、光が満ちている

尚成は、声に出してその歌を詠んでいた。

嫌悪や恐れといった感情はそこになく、ただ胸が震えている。

なんと美しい歌だ。咲き誇る桜の木の下に佇む、美しい女の姿がありありと瞼に浮かぶ。

これは恋文ではない。ただひたすら、純粋に、女の美しさを讃えたものだ。それゆえに、余計、真心が籠っているのが分かる。

その詩の最後に、春日清風光満と記されているが、他と比べてここだけ六文字になっている。

春の日は風清く、光に満ちている――のどかで美しい春の日をうたったその一文に、ひとつの名前を見た。

清光。

それは、彼――源清光の署名でもあるのだろう。

尚成は顔をゆがめた。

翌日、尚成は清光を捜しだし、文を突き付けた。

人気のない、書物庫の裏。厳しい面持ちの尚成を見て、清光はある程度何か察しているらしい。清光は神妙な面持ちでそれを受け取り、紙面に視線を落とす。

「これはあなたの書かれた詩ですね」

「――ええ」

清光は答え、文を元通りに閉じて尚成に返した。

「宛名は及子殿になっています。あなたが、及子殿に宛てたものですね」

「それは違います」

清光が首を横に振る。尚成はかっと頭に血が上るのを感じたが、拳を固めて堪えた。

「何が違うのですか？」

「これは、確かに僕が詠ったものです。ですが、及子へ宛てたものではないし、なによりこの文は僕の書いたものではありません」

「なにを……」

尚成は、清光の胸倉を摑んでいた。

「あなたはいったい、及子殿に何をしたんですか!?」

なぜ彼女は眠り続けているのか。あの腹の子は誰の子なのか。年若く可憐な少女が、なぜあのような悲しい仕打ちを受けているのか。

「及子殿の対に忍び込むあなたの姿を見た者もいる！　どう言い逃れするつもりだ！」

「僕の字じゃない！」

清光が叫んだ。

袖から書留用の竹書簡――竹の皮を薄く切って手控えに使用しているものを取り出して尚成の前に突き付けた。

細く流れるような、達筆な字だ。角がなく、癖がなく、小さくまとまって読みやすい。

尚成は清光から手を離し、再び手元の文を広げた。一文字が大きく、わずかに右上がりになり、撥ねと払いが強い。

しかし、堂々と差出人の書けない文である。筆跡を変えるなど、容易いことだろう。

「字が違うと、たったそれだけのことで信じろと？」

「先ほども申しましたが、その歌は誰かに宛てたものではありません」

「……」

「僕が及子の対に忍んでいった、と言いましたね。それはいつごろか教えてください。当時の僕の行動を記したものをお渡しします。それを見て、調査でも何でもしてください」

悲しみと、多少の怒りを含んだ言い方だった。

「その歌の真意をお話しします。僕と及子のことは、まずそれを聞いてから判じてください」

尚成は無言で頷き、清光の言葉に耳を傾けた。

*

清光の話を聞いた尚成は、頭を抱えた。

なぜそんなものを、及子が持っていたのか分からない。そもそも、誰が紙にそれを書き記し、及子に宛てて届けたのか。

その上、牛雄が清光を見たという日、清光は友人と月を詠む宴に出ていた。誰もが、月の輝きを讃える歌を詠む清光を見、声を聴いている。記録にも名前が載り、確かに証言はとれている。

一人が二か所に出現する方法など、この世にあるだろうか。

清光が二人にならなければ、できるはずがない。しかし、清光は人間だ。そのような芸当ができるとは考えられない。

いや、まずそこから疑うべきなのか。

あれほど美しい容姿をし、清い心根を持った人間が、この世にいるか？　清光が人でないなら、及子の腹の中にいる子のことも説明がつくのではないか？

そして、及子が眠り続けている原因。なによりそれを解明しなければ。

それにはまず、やはり、腹の子と及子の現状の因果関係を解きほぐさなければ、道はないように思われる。

そんなことを考えながら、帰路に就く。

初夏の夕暮れ。人気のない道。橋に差し掛かったあたりで、尚成は足を止めた。穏やかな川のせせらぎに耳を傾けつつ、鏡のように月を映す水面を覗きこむ。

「化生たちのことは、難しいなぁ」

人の形を成すが、人ではないもの。その本質は人からほど遠く、しかし人よりずっと美しいもの。

——うあぁん。

耳の奥で、赤子の泣き声がした。項が粟立つ。

「……尚成殿」

名を呼ばれ、振り返る。

そこに、清光が立っていた。

「清光殿……」

清光は橋の上に立ち、口角を上げ、微笑みを浮かべている。沈む夕日を背負い、容貌は暗く陰って霞んでいるが、勝気な口元の印象だけははっきりと分かった。昼間の、どこかに薄弱な空気を纏った姿とはまるで雰囲気が違って見えた。

「どうか、私と及子のことはそっとしておいてください。あと二日で、願いが叶います」

尚成が眉を顰めると、清光は静かに頭を垂れた。

「清光殿、それはいったい、どういうことですか？」

尋ねる尚成に、清光はニイと目を細めて笑った。その一瞬、清光の目が黄色く光るのを、尚成は見た。

なまぬるい風が吹き抜ける。瞬きの後、清光はすっかりそこから姿を消していた。

彼のいた場所に駆け寄って辺りを探るが、跡形もない。

鳥肌が立った。

あと二日。あと二日で、何が叶うというのだ。

これはもう、俺の手に負えない。二日など、時間がない。

尚成は帰路に就くはずのその足で、福治のもとに向かった。

尚成の話を聞いた福治は、さして慌てた様子もなく、静かに茶を啜って「そうか」と答えただけだった。

「いやに冷静だな」

「そんなことだろうなと思っているだけだ」

福治の言葉に苦い顔をして、尚成は俯いた。

「――まあ、感じ方はどうあれ、事の顚末自体は簡単な話だ」

そう言って、文机に向かって書をしたため始めた。書き終わったのか、筆を置いて軽く息を吐く。二、三度軽く手を叩くと、部屋の奥から、みむろがひょっこり顔を出した。

「なんだ？」

「源朝輔殿に、これを運んでくれ。今すぐだ」

「今か？　人づかいが荒いなぁ」

やれやれと肩を竦め、みむろが福治から書を受け取る。その時、福治はもう一枚紙を渡し、なにごとかみむろに囁いた。

「了解」

「ちょ、ちょっと待て」

今といえば、夕陽もすっかり落ちて月高い夜だ。こんな時刻に童ひとり、それも山の中を歩かせるのは、危険すぎる。尚成が止めに入るが、みむろは動じた様子もなく、笑ってみせた。

「大丈夫だ。己はおまえたちのようにやわではない」

ぴょんと部屋から跳ね出る。後を追って庵を飛び出すが、みむろの姿はすでになかった。

「いない……」

「当たり前だ。あれはすこぶる足の速い生き物だぞ」

『あれ』『生き物』

まるで、みむろが人間ではないような言い様ではないか。尚成が福治を軽く睨むと、福治は愉快そうに喉を鳴らして笑った。

「二日後、朝輔に一家全員を母屋に集めろと言づけた。文子、及子、清光、それに牛雄とやらもな」

福治は余裕を見せるが、果たして、どうするつもりであろう。及子の無事は保障されるのだろうか。赤子の泣き声が耳に反響し、胸騒ぎがする。

「尚成よ。あの一家について見聞き、調べた結果、おまえはどう思った？」

福治の問いに、少しばかり狼狽《うろた》える。

正直な所、分からないというのが本音だ。

不幸があって、それを乗り越えながら生きている母子。朝輔という立派な伴侶を得て、清光という優秀な息子、あるいは兄を家族に迎え、あの一家はどう変わってしまったのだろう。

清光が、狂わせたのか。あるいは、朝輔と文子が出会わなければ、いや、もっと根本的に、文子の夫が妾にうつつを抜かして夜な夜な出歩かなければ、この奇妙な事件は起こらなかったのか。

「──分からない」

尚成は素直に答えた。

「ただ、誰が悪いとか、何が原因であったとか、そういうものがない気がするのだ」

文子は気が強いが普通の母親で、及子も何の変哲もない心優しい娘で、朝輔は善良な人間であり、清光は……清光も、正体は何であれ、きっと悪意など持ち合わせていないはずである。少なくとも、昼間、尚成が言葉を交わした清光は、邪悪な所のない、良い若者だった。

何かがかみ合わなくなって、何かが狂って、その結果として、及子に異常があった。

尚成にとって言えるのは、そんなことくらいだった。

「なるほど」

福治が目を細めて笑う。

「なあ、あなたには真相が分かっているのか」

「だいたいはな」

「なら教えてくれ。なにがどうなっている」

「それは二日後のお楽しみだ」

ふと、福治の顔から笑みが消えた。

「尚成よ。おまえは人間が好きか？」

唐突な問いかけに、目を瞬かせる。

急にいったい、なにを言うかと思えば。尚成が質問の意図を汲もうと首を傾げると、福治は尚成から視線を外して月を見上げた。

「二日後には、月が満ちるな」

夜空に、少し歪なかたちの月が浮いている。満月が少し欠けたような、わずかに辺を切り取られた月だ。

その横顔がどこか寂しそうに見えて、尚成は何も答えなかった。

＊

二日後、尚成と福治は源邸に赴いた。

時刻は夕刻。日はまだ高いが、ゆっくりと傾き始めるころだ。並んで歩く二人の影も、長く伸びていく。

門の前に立ち、尚成の足が止まる。ぬるい風が肌を舐め、濃くなる影が辺りを柔らかく包み込んでゆく。

「さすがのお武官様も、怖気づくものなのだな」

福治が揶揄う。尚成は福治を横目で睨み、意を決して門をくぐった。

屋敷に上がると、西の対に通された。そこに、朝輔、清光、文子が居り、及子は用意された夜具に横たわっている。牛雄はというと、隅の方に正座して身を竦ませていた。

　清光と尚成の視線がぶつかり、清光は気まずげに視線を落とした。つられて、尚成も顔を伏せる。

　福治が扇子を打つ音がした。

「皆様、お揃いですかな？」

　ふわりと福治が笑う。今までの冷淡な面持ちやもの言いではなく、優雅で丁寧な物腰だ。

「福治殿、及子の件でお話があるとのことですが、何か分かったのでしょうか」

　朝輔が前のめりに福治に尋ねる。福治は何も答えないまま胸に忍ばせた文を取り出し、声高らかに読みあげた。

美花不及麗人姿　――美しい花も、この麗しい女性の姿には及ばない
野山風来桜花芳　――野山に風が吹き抜けて、桜が芳しく香る
花顔玉容髪風揺　――花の顔、玉の肌、髪は風に揺れて
若雲上天女転生　――もし雲の上の天女が生まれ変わったとすれば
会於此桜花下逢　――きっとこの桜の下で出会った人だろう
春日清風光満　――春の日は風清く、光が満ちている

朝輔の顔色が変わった。

「これは、清光殿が及子殿に宛てた恋文です」

そして、と、淡々とした調子で先を続けた。

「この恋文を交わした後、清光殿と及子殿は結ばれ、及子殿は身ごもった。そうですね？」

福治の言葉に、清光は重たく項垂れた。袴に皺ができるほど強く握りしめ、福治を睨み付けるように顔を上げる。

「──いかにも。私が、及子の腹の子の父です」

尚成は頭をぶん殴られたような気がした。

あれほど、あれほど違うと言っていたではないか。

その詩の所以を説明し、身の潔白を説いたではないか。

胸が絞られるように痛い。清光の、その心根を信じて裏切られた。心の中が落胆と失望に満ちる。

「清光、おまえ──」

朝輔が震える声で絞り出した時、文子が口を開いた。

「そんな妄言を、よくもまぁのうのうと──」

凜とした、芯のある声であった。

表情ひとつ変えず、すまし顔を張り付けたまま、文子は動揺もせずに背筋を伸ばし、座っている。

「あなたは徒《いたずら》に私たちの心を玩びにいらしたのですか？　ならば、どうぞお帰りください」

「おや。私が虚言を弄していると？」

福治が扇子の下で笑う。

文子は、強く福治を睨《ね》め上げた。

「だって、おかしいでしょう。地位や名誉のある家の女にならともかく、あんな醜い、お化けみたいな娘《こ》に、私が劣るはずがないもの」

耳を疑うような言葉だ。

文子は立ち上がり、流れるように歩を進める。優雅な所作で福治の手から文を取り、目の前にひらりとかざした。

「どこで手に入れてきたんだか」

音を立て、八つ裂きにする。

「文子！」

朝輔が我に返って声を上げると、文子は目を剝きだして朝輔を睨んだ。

「気安く呼ばないで！」

「な、なんだと……」

「あんたより先に清光殿と出会っていたら、何もかも違ったのに」

心底恨みのこもった目線に、その場にいた全員がたじろいだ。

「勘違いしないで。あんたと結婚したのだって、情があったからじゃないわ」

親同士の決めた相手である前夫は、他の女にうつつを抜かして殺され、娘ははやり病にかかり、顔の半分に醜い痣。近所の噂になった。

愛してもいない男の子ども。こんなお荷物がいたのでは、新しい男も寄り付かない。ならばいっそ病でころりと逝ってくれればよかったのに。そうすれば、身軽になってどこへでも行けた。どんな男でも、私に夢中になったはずなのに。

文子はぎりぎりと爪を噛みながら、吐き出すように言った。

「私はね、天女と謳われていたの。それが、あんな蝦蟇《がま》のような男の妻となることになって……。結婚など身を立てるためのもの。そう思って今日まで堪えてきたのよ。私が愛したのは、清光殿だけだわ」

「文子、なにを言っている……」

「あら。まさか私があんたを愛しているから結婚したとでも？　とんだ自惚れだわねぇ」

高らかに哄笑する。

「あんたと一緒になった理由は、財が底をつきかけていたからよ」

そして婚姻の日、冠を載せた清光と引き合わされた。

胸が鳴ったのは、生まれてからこの時が初めてだった。

「あの時が、生まれて唯一、生きていると実感できた瞬間だった」

美しい、美しいと褒め称えられて育ちながらも、文子は恋をしたことがなかったのだ。

「そんな……」

呟いたのは、清光だった。呆然と文子を見つめ、瞬きひとつもできないでいる。

文子はそんな清光に熱っぽい視線を送り、

「なぜ、及子なの」

清光の胸にしなだれかかった。

「私はあなたに尽くしていたではありませんか。いつだって美しく装いを整え、優しい笑みを向け、あなたの言葉はなんだって肯定した。朝輔殿が、家柄だけしか取り柄のない、あんな女をあなたに宛がうまで、あなたの側にずっといたのは私……」

優しく清光の頬を撫で、次に及子に怒りに満ちた眼差しを向けた。

「だのに、いつの間にか、及子があなたを誑かしていた！　及子《あの子》があなたに色目を使っているのは勘付いていた。その文を見つけて……！　だからあなたから遠ざけて、見えないように隠した！　お仕置きをしてやったのよ！」

この泥棒、いやしい盗人女《ぬすっと》だと、文子は顔を歪めて及子を罵る。

気が変になりそうだ。尚成は目の前がぐらぐら揺れている。

義母が息子を愛し、じつの娘を虐げていた。

「なるほど。これが及子殿に掛けられた呪いのひとつというわけですな」

福治は落ち着き払って、破り捨てられた文の破片をひとつ、手に取った。

「しかし、これは、清光殿から及子殿へ送った恋文などではないのですよ。清光殿を弁護すると、彼は及子殿に一切手など出していません。一芝居打っていただきました」

小さく、福治が邪悪な笑みを見せる。

「ですね、清光殿」

福治が清光に目配せする。彼は顔を真っ青にしながら、頷いた。

「これは私が――。いえ、僕が、父上との戯れに作った詩です……」

誰に送ったものでもない。まして、恋文でもなんでもない。

「え……」

文子が清光を見る。清光は、ただ顔を伏せていた。

「父上の、桜の下で天女を見たという言葉を聞いて、詩にしたのです」

それは、尚成も清光から聞かされていた話だった。

――清光よ。私は今日、桜狩りに行って、美しい母子の姿を見た。子を慈しむその母の姿が目に焼き付いて離れない。もし天女がいるなら、あのような女《ひと》なのだろう――。

「その母子とは、義母上《ははうえ》、あなたと及子のことなのです」

文子の顔が引きつった。朝輔も、口を堅く閉ざして俯いている。

「嘘だわ!!」

文子は頭を抱えて、唸った。

「だってその文を、及子の部屋で見たの！　文机の上の、漆塗りの箱に大事に入っていたわ。私はそれを見て、それを見て……！」

「この尚成から聞いたことなのですが、どうやら文の送り主と、清光殿の筆跡は少しばかり違うようで。これが詩の原本です」

福治が、清光の書いた詩の原本と、文子に破られた文の破片を両手に持って比べる。

「おそらく、誰かがこれを写したのでしょう。清光殿の洒落た署名に気付かず、そのまま詩の最後と勘違いして書き写した……」

朝輔は、額を押さえ、遠い目をした。在りし日の記憶を頭の中で呼び覚ましているようだ。

「あの場にいたのは、私と、清光。それから、牛雄であったな……」

尚成、清光、朝輔の視線が、いっせいに牛雄を穿った。

牛雄は目を零れるほどに見開き、奥歯を鳴らして震えあがっている。額に大粒の汗が浮かんでいた。震える手をついて、牛雄は額を床に擦《こす》りつけた。

「も、申し訳ありません……！」

泣き出すのと、謝罪が同時であった。しかしなんとか嗚咽をこらえ、牛雄は言葉を続ける。

「その詩を聞いた時、こんな美しい詩があるのかと……それで、こっそり書き写して……ずっと持っていました……」

なぜ下男が詩を解せるのかと訝って、思い出した。そういえば、清光は及子と同じく、下男らに手習いをつけていたと言っていた。

「それはオレが、及子様に差し上げたものです。こんな素晴らしい詩があるんだって、お伝えしたくて」

そう言って、しゃくりあげる。

「だけど、それから……それから、いろんなことが変わってしまって、怖くて……。尚成様たちにも、ちゃんと言い出せなくて……！」

及子は聡明な子であったという。それこそ、牛雄らに読み書きを教えるほど。きっと清光の署名にもいち早く気付いたことだろう。しかしそれを指摘しなかったのは、彼女なりの牛雄への気遣いであったのか。

「オレ、清光様の御署名入りだと、気が付かなかったんです！」

ただ、きれいな詩ときれいな言葉を及子に教えてあげたかった。喜んでほしかった。牛雄はただ純粋に、それだけだったのだ。尚成の胸に、それが痛いほど響いてくる。

「なぜ俺にこの文を……」

「自分のしたことを責められたくなくて……。だけど及子様をお救いになろうとする尚成様のお役にも立ちたくて……」

牛雄は声を絞り出す。自ら名乗り出ることのできなかった彼の、せめてもの罪滅ぼしだったのだろう。

愛していない男と添い、我が子を疎んだ文子。しかし、同時に及子を慈しんでもいた。そんな文子の姿に、朝輔は恋した。朝輔のために清光は歌を作り、牛雄はその歌に感動して盗んでしまった。彼は及子を喜ばせたい一心で、その歌を及子に贈り、それが原因で、文子は及子に非道な仕打ちをした。

何と悲しい、そして因果な一家であろう。

「この文のせいで、清光様と及子様は恋仲になってしまったんだって、オレ、そう思って……」

「それは違う！」

牛雄の言葉に、清光が初めて反論した。

「僕は一度たりとも、及子を妹以上のものとして見たことはない。僕は妻を思っている。他の者に目を向けることなど……」

頭痛がする。尚成はずくずくと波打つような痛みに顔を顰めた。

「静粛に」

福治が涼しい顔で手を打つ。

「ここまで膨れた腹だ。中を割って見てみれば、誰の子かはっきり分かるでしょう」

そう言って、帯から短刀を取り出した。鞘から抜き、白刃を晒して、眠る及子の傍らに膝を突く。

福治殿、いったい、なにをしようとしているのだ。

――まさか。

尚成は背中に冷や汗が流れるのを感じた。

「ふ、福治殿……」

尚成の呼びかけに応えもせず、福治は及子にかぶさった夜具をまくり、高々と突き出た腹めがけて、刃を振り下ろした。

「やめろ!!」

尚成の声が虚しく響く。

夜具の上に血が滴った。

刃は深々と床に突き刺さり、金色の毛の塊が、福治の腕に絡みついている。

猫だ。猫が、身に刃を受けながら、凶刃から及子を守ったのだ。

ごわごわとした毛並みに、金色に近い毛色をした、大きな猫。

「キンカ……」

清光が呟く。及子が可愛がっていたという、野良猫。

キンカは怒りに満ちた目で唸り、全身の毛を逆立てて福治を睨み、文子を睨み、清光を睨んで、床に爪を立てた。

「それは、おまえの子か」

福治が静かに問う。

猫は牙を剥き出して、福治に飛び掛かった。福治は素早く身を引き、尚成の側まで立ち退く。

キンカは猫ほどの大きさから犬ほどの大きさに変わり、素早い身のこなしで呆然と立ち尽くしていた文子に襲い掛かると、その白く美しい顔を切り裂いた。

悲鳴が上がる。朝輔が蹲る文子に駆け寄り、腕に抱いて庇う。キンカはくるりと身を翻し、次の瞬間には清光の姿になった。

「なに……!?」

見た目は完全に清光である。だが、目だけが違う。爛々《らんらん》と黄色く輝いている。それは先日、橋で見た清光のそれだった。

「き、清光殿が二人……?」

「猫が化けているだけだ」

驚く尚成に、福治が平然と答える。

キンカの化けた清光は、腕から血を流していた。及子を庇った時にできたもののようだ。彼はそんなことお構いなしという様子で、眠る及子を腕に抱いた。

「我らのことは、放っておけと言ったのに」

キンカは恨めしげに尚成を睨み、及子を胸にして、西の対を飛び出していった。

「ち、及子!」

清光が後を追おうとするが、福治がそれを制する。

「私にお任せを」

福治は床に突き立った小刀を抜き、二人の後を追った。尚成は慌てて、福治に続く。

後には、呆然とする牛雄と、立ち尽くした清光、そして顔を押さえて喚く文子と、そんな妻を抱きしめる朝輔が残った。

「福治殿。あの化け猫と及子殿の行方、分かるのか」

「当たり前だろう。私を何だと思っている」

言って、小刀の先に付いた血を紙でできた人形に擦りつけた。

「同じ属性のものは、同じ属性のもの同士で固まろうとする。その習性を利用する」

福治が何か口の中で唱え、ふっと息を吹き付けた。すると、紙人形は蝶のようにひらひらと宙を舞い始める。

「私をおまえの主のもとに導け」

そう命じると、紙人形は意思を持っているかのように応えた。ふわふわと羽ばたいて二人を先導する。

「ほう……なんと便利なものだな」

尚成が感嘆の声を上げると、福治は小さく肩を竦めた。

「おまえといると調子が狂う」

「なぜだ?」

「たぶんその、間の抜けた感想のせいだな」

そう言って、福治は尚成を置き去りに足を進める。尚成は、慌てて福治の背中を追った。


ひらひらと舞う紙人形に導かれた先は、川べりの並木通りであった。

川を少し外れた奥、丘になった場所に一本、枝垂《しだ》れ桜の木が立っている。

木の根の叉に、清光の姿をした化け猫が及子を抱いて座り込んでいる。その黄色い瞳はまっすぐ、どこか遠くを見つめ、腕の中の及子は死んだように眠っていた。

尚成は、剣の柄を握りしめる。

いざとなれば、これで相手をしなければ。

そう意を決する尚成の手に、福治は指を重ねた。

「私に任せておけ」

「しかし……」

反論しようとして、福治の強い眼差しに制された。渋々、柄から手を離す。

「金華猫《きんかびょう》」

福治が化け猫に呼びかけた。

化け猫は福治に焦点を合わせ、大きな目を向ける。

「久しいな」

尚成は驚いて福治を見た。

「こいつを知っているのか？」

「ああ。船で出会った仲だ」

福治は手に持っていた小刀をその場に投げ捨てた。

敵を前にして得物を捨てるなど、正気の沙汰と思えない。戸惑う尚成をよそに、福治は平然と腕組みをして、近くの株に腰を下ろした。

「おまえが見つけた財宝は、その娘か」

「ああ」

化け猫――金華猫が、短く答える。彼の腕はしっかりと及子を抱き、その指は優しく及子の身に添わされていた。

「福治殿、この金華猫とはいったい……」

「唐から渡ってきた化け猫だ。生涯で手に入れる財宝をひとつ定め、それを手に入れるためなら手段を選ばない」

「財宝……」

福治の言葉を反芻し、金華猫の腕の中の及子に視線を移す。

この金華猫とやら、もしや。

「この猫は、財宝代わりに及子殿を手に入れるつもりか？」

「及子は十七になる夜、私に嫁ぐと言ってくれた」

尚成の言葉に、金華猫が答える。

「及子殿を我が物とするために、そのような昏睡状態に陥《おとし》れているのか!?」

だとすれば、なんと身勝手な。

頭に血が上るのを感じながら、尚成は金華猫を非難する。

「今すぐ、及子殿に掛けている呪いを解け！　でないと、腹の子も及子殿も危ういのだぞ！」

尚成の激昂に、金華猫はくつと喉を鳴らして笑った。

「逆だ。及子は、我が精気を分け与えて生かしている状態なのだ。私が術を解けば、及子は間もなく死ぬ」

尚成は狼狽えた。

「そんな馬鹿な……」

「いや、真実だな」

福治が尚成の言葉を遮って答える。

「腹の子を媒介にして、おまえの精気を送り込んでいるのか」

福治の言葉に、金華猫は黙したまま、及子に頬ずりをした。

「私は、及子ほど魂の美しい娘を見たことがない」

金華猫の手が、及子の細く小さい指を包み込む。慈しむように撫で、その髪の中に鼻先を埋めた。

「及子と出会った時、私は死にぞこないの醜い猫だった」

「金華猫は、己の定める財宝を見いだせなかった時、徐々に老いて弱り、醜く死ぬ定めにあると聞く」

金華猫が頷く。

「私にも、醜い死が迫っていた」

日差しの強い、夏の日だった。

精一杯の力を振り絞り、木陰に逃げ込んだ。

手足は棒のように強張り、金色の美しい毛は疎らに抜け、皮膚は鱗のように固く厚くなり、ひび割れていた。悪童に石や牛馬の糞を投げつけられ、残った毛に牛糞が絡み、蠅がたかって体の上を蛆が這いまわる。

金華猫。その毛は月の色とされ、満月の夜に月光を食し、大きく、強く、美しい化生と讃えられる。その最期が、この無様さか。

金華猫は絶望していた。

生涯をかけて手に入れる財宝を見いだせなかった自分に。醜く死にゆく自分に。

そこに、ひとりの娘が現れた。その顔にはひどく醜い痣があった。

「なんと醜い娘だと思ったよ。しかし娘は、糞や泥にまみれ、痩せて倒れた私を抱きあげ、湯につけて清めてくれた。誰もが忌避した、死にぞこないの猫を、一晩中側に置いて看ていた」

及子は傷口にたかる蛆を、一匹一匹箸で摘んで退け、当て布をして、包帯を巻いた。大丈夫と何度も囁いて、頭を優しく撫でつけた。

抱き上げられて頬ずりされた時のことを、今でも鮮明に覚えている。

「顔の痣を醜い、醜いと蔑まれながら、及子は一度たりとも己の悲運を嘆くことはなかった」

命を取られなかっただけ幸いだったと、明るく言ってのけるような娘だった。

「見てくれで彼女を醜いと判じた己を恥じたよ。及子は、黄金より、玉石より尊い」

この娘の美しさには、どんな財宝も及ばない。私はついに、手に入れるべき宝を見つけた。

そして、望みは叶った。及子は、清光に扮した金華猫を看破し、そして受け入れた。

「あの母親は愚かだ。嫉妬にかられ、ろくにものを食わせず、あの小さな小屋に押し込めて、及子が日々弱っていく姿を見て見ぬふりをした」

「おまえは、及子殿を救おうと思わなかったのか⁉」

尚成の言葉に、金華猫の瞳は悲しみを浮かばせた。

「やめろ。こいつを責めるのは筋が違う」

福治がそう言って、尚成を窘《たしな》める。

「しかし……！」

「この者が及子殿に用いている術は、大きく妖力を消費する。己の生命を他者に分け与える、まさに命がけの秘術だ」

尚成は沈痛な面持ちで、福治の言葉を聞いた。

「あの女は愚かだが、及子を救えなかった私は役立たずだ……」

金華猫の顔が曇る。

福治は、哀れみを込めた目で、猫と少女を見つめていた。

「間もなく、月が中天を過ぎる。及子の、十七歳になる日が来る」

金華猫の指が、空を指す。丸く満ちた月が、皓々《こうこう》と天に昇っている。

「どうか我らを、邪魔してくれるな」

金華猫が切なく尚成と福治に請う。

「案ずるな。この私が邪魔などさせん」

尚成がもの言う前に福治が応えると、金華猫は微かに笑った。

「及子。ようやく手に入れた私の宝」

そう零して、金華猫は及子に口付ける。

じんわりと、及子の青白い頬に血色が戻り始めた。土色の肌が明るい色を取り戻し、閉じた瞼が蠢く。桃色の唇が、小さく震えた。

屍のような及子が、みるみると美しい娘に蘇っていく。薄い瞼が開いて、及子がゆっくりと目を瞬《しばた》かせた。

「……金華？」

「及子、約束の日だよ」

金華猫は頬を擦り寄せ、微笑みを浮かべる。

及子は、未だに夢うつつといった眼で金華猫を見つめ、次いで空を仰いだ。

「満月」

呟いて、金華猫の胸に寄りかかる。

「今日は、きみの十七の夜だ」

月明かりの下、木の根に身を寄せて、見つめ合う二人。

二人だけの、誰にも、何者にも侵せない世界が、そこにある。

尚成はただ固唾を呑んで、及子と金華猫を見守る他なかった。

「及子、私の妻になっておくれ。私の生涯をかけた宝になっておくれ」

金華猫が、甘く優しい声色で懇願する。及子はじっと金華猫を見つめ、口を開いた。

「金華の本当の姿を見せてほしいの」

「この姿はきらいか？」

「最期の夜は、本当のあなたを見たいの」

及子の願いに応えて、金華猫がその身を解いた。

指に鋭い爪が生え、肌は金色の毛で覆われていく。髪は長く伸び、眉は消え、口吻がわずかに突き出る。黄色い大きな双眸が瞬いて、及子を見つめていた。

まさに半人半猫といった容貌は、月の光を浴びて輝き、恐ろしくもあり、美しくもあった。

「及子。私の姿が、怖くはないか？」

「どうして怖いの？」

声を立てて、及子が笑う。

「あなたは私が出会った人の中で、一番優しい人」

金華猫の、和毛《にこげ》の生えた頬を掌で包み込む。少女と獣人は見つめ合い、互いに慈しみ合って、指先を重ね合わせた。

「先からの約束通り、私はあなたと夫婦になります」

月明かりの下、人と化生が身を寄せ合い、絡み合って、唇を重ねる。それはなんとも美しく、そしてどこか壮絶なものを秘めた画だった。

及子という少女は、確かに美しい。金華猫の胸に抱かれ、口元に笑みを浮かべているる彼女は、至上の喜びに身を浸しているようだ。金華猫は胸元の及子を、まるで壊れ物のように優しく強く抱きしめている。

「……美しいな……」

尚成が零した、その瞬間、二人の身が灰になって崩れ始めた。

さらさらと、肉も髪も、風に舞い宙を舞い、跡形もなく消えていく。

「これはいったい……!?」

尚成が状況を呑み込めずにいると、福治が静かに口を開いた。

「金華猫は、生涯をかけて手に入れる財宝をひとつ定め、どのような手を使ってもそれを手に入れる。そしてその財宝を我が物とした時、金華猫の命は終わるのだ」

金華猫の死。それは同時に、金華猫によって、精気を分け与えられて生きながらえている及子の死でもある。

「福治殿、止めてくれ！」

「無理を言うな。それに、あの二人を見ろ」

金華猫と及子は、この上なく幸せそうに、満足そうに、口元を微笑みで染めていた。迫る死など、まるで眼中にない。互いの目に互いの姿だけを映し、互いの鼓動だけを感じ、温もりを分け合っている。

「私たち、ずっと一緒よ」

その言葉を最後に、金華猫と及子の体は灰燼となって風に消え、あとには骨と着物だけが残った。

なんということだ。

これが、金華猫という化生と、及子という娘のたどらなければならなかった顛末なのか。尚成はただ茫然と、二人のいた痕跡を前に竦んでいることしかできない。

「羨ましいことだ」

福治が零す。

「どこがだ！　こんな、こんな惨い話があるか！」

咄嗟に言い返していた。

しかし福治は、

「化生の者を、人間《おまえ》の物差しで測るなよ」

と、冷たい視線を尚成に注いだ。

「命を抛《なげう》っても欲するものを手に入れた者の幸福が、おまえに分かるのか」

尚成には何も答えられなかった。答えるどころか、身動きひとつ、とれなかった。ただ目の前で起こったことを、何とか受け止めることで精いっぱいだ。

そんな尚成に構うことなく、福治は腰を上げて及子の着物を掴んで捲った。何かが、着物の下で蠢いている。

「それは……」

「二人の子だ。普通の人間が預かるには、荷が重かろう。私が連れていく」

そう言って及子の着物ごと赤ん坊を腕に抱き、福治が夜の闇に溶けていく。

『化生の者を、人間の物差しで測るなよ』

『普通の人間が預かるには、荷が重かろう』

あのものの言い様。まるで自分は、化生の者とでも言いたげではないか。

「福治殿！　そう言うあなたは、人間なのか!?」

尚成は叫んだ。福治が足を止める。

「私は今も、人であると思いたい」

そう残して、福治は闇の中に姿を消した。

*

金華猫の夜から、数日が経っていた。

夏はますます近づき、そのにおいも日々色濃くなっていく。

尚成は大内裏の見回りに就きながら、笠を被った太陽を見上げた。

「尚成殿」

呼ばれて振り返る。

疲れた顔の清光がゆっくり頭を下げた。

門の軒下に、並んで座る。柳の木が風に揺れていた。ふっくらとしていた清光の頬がこけ、そこだけ薄く影になっている。目元の輝きは失せ、眉宇は曇っていた。青々と冴えた空が、皮肉なほどだ。

「及子の遺骨は、キンカのものと共に埋葬してやりました」

あの後、尚成は金華猫と及子の骨を衣に包んで、清光に預けた。最初、清光は信じようとしなかったが、朝輔に窘められ、大人しく遺骨を受け取った。

「牛雄は屋敷を去りました」

以後は、及子を弔い、己の罪を悔いるため、仏門に入るという。

文子は、顔に傷を負い、片目の光を失った。彼女の最大の宝である美貌を奪ったことが、金華猫の復讐であったのだろう。

「義母上は、屋敷に籠って日がな一日鏡を見ているそうです。ただ時々、ぼうっと及子のいた小屋を眺めていることもあるとか」

義理の息子に恋をした文子は、及子のことをどう思っていたのだろう。

狭い小屋に閉じ込め、わずかばかりの食事しか与えず、衰弱していく様をどういう気持ちで見つめていたのだろう。そして、昏睡したまま腹だけが膨れていく姿を見て、なにを考えていたのだろう。

父である金華猫の術の媒介となり、母である及子を生かしつづけた赤ん坊。我が子である及子を疎み、劣悪な環境に閉じ込めて衰弱させた文子。まるで車輪のように、その二つの姿が上になり下になって、尚成の頭の中を回る。

「父は、今後もそんな義母を支えていくつもりのようです」

心から愛した人だから、たとえ報われることがなくとも愛し続ける。そういう、壮絶な道を朝輔は選んだらしい。

「本当は、義母が僕に気持ちを寄せていることに気付いていました。だけど、僕はそれに気付かないふりをしていた」

懺悔《ざんげ》するように、清光が吐きだした。

「僕に近付く女人に、内心で敵愾心を持っていることは感じていました。だから、なるべくことを荒立てないように、刺激しないように、細心の注意を払っていました。だけど、僕が結婚すると、義母上は好意も嫉妬も隠すことをやめてしまった。僕があの家に寄りつかなくなったのは、そういう経緯だったのです」

だけど、と、清光は頭を抱えた。

「まさか、こんなことになるなんて。文子殿が、及子を死に至らしめるほど苛むなんて。だって、及子は文子殿の血の繋がった娘なのに！」

清光の背中が小刻みに震えている。

「僕は、及子を見殺しにした。何もしなかった。あの子は、何も悪いことなんてしていないのに……」

「それは清光殿も同じです。あなたは、何も悪くない」

尚成はそっと、清光の背を撫でる。

「短い生涯の中でも、及子殿は誰かを愛し、その誰かに命を懸けて愛される幸せは知ったはずです」

化生の者に、いや、化生の者であるからこそ、金華猫は自らの命を顧みずに及子を愛し、手に入れた。まさに、手に入れるべき宝のためには、手段を選ばない化生であった。

「文子殿は、それを知らなかった。そして、自らに添おうとする朝輔殿の御心に気付けなかった」

　愛される喜び、愛する喜び。それは恋のように、ただ求めるだけではない。相手のものを自らのものとして、自らのものを相手のものとして、惜しみなく与え、惜しみなく奪い、生死さえ分かち合う喜び。

　尚成が、あの二人を美しく壮絶に思ったのは、その姿を目の当たりにしたからかもしれない。

「僕はきっと、愚かなのでしょう」

　救いを求めるように、清光の手が尚成の袖を強く摑み寄せた。

「初めて、あの二人に出会った日。僕に新しい義母と義妹《いもうと》ができた日のことを、今でもただ懐かしく、愛しく思うのです」

　こんなに悲しく惨い顚末をたどった家族であるというのに。

　朝輔に肩を抱かれ、「我らはこれから、家族になるんだよ」と告げられた時を、優しく微笑む文子を、あどけなく笑っている及子を、あの日のきらきらした新緑の輝きを、ただ胸の内で、遠く懐かしく想う。

「清光殿。あなたは、愚かなどではありません……」

　その言葉の先に詰まって、尚成は唇を噛み締めた。どんな言葉も、今の清光に寄り添うには十分ではない。尚成は、声を殺して泣く清光の肩を、ただ抱いてやることしかできなかった。

誰しもの胸にしこりを抱えたまま、事件は終わった。

地獄の閻魔でも浄土の仏でも、人を超越した何かが裁きと罰を与えてくれたのなら、少しは違ったのかもしれない。

だが、ここは現世であって、絶対的な正しさを持つ何者かはいない。いても、姿を現して正しく導いてはくれない。裁きと贖《あがな》いを与えてはくれない。どうにか自分の中で折り合いをつけるしかない。

「苦しいものだ」

呟いて、尚成は朱雀門をくぐった。大路は、家路につく人々でにぎわっている。

ふと、見知った影が視界の端を過った。

牛雄だ。背中におくるみを背負い、肩越しに赤子をあやしている。

尚成は、その背中を追いかけた。人の肩に当たり、背を擦り、足を引っかけながら、人の流れに逆らって足を進める。しかし、人より頭ひとつ小さな牛雄の影は、みるみるうちに人波に呑まれ、流されて消えていった。

牛雄の姿が、完全に途切れて消える。

あの背に負うた赤子は、金華猫と及子の子であろうか。

清光も、牛雄も、文子も朝輔も、生きている。過ちを犯しても、生かされている限り、生きて贖っていくしかない。

そして金華猫が及子を愛した証が、及子が金華猫を愛した証が、この世に残っている。

「金華猫《おまえ》はこの世の宝を手に入れ、新たにこの世に宝を残していったのだな」

羨ましいと、素直にそう思った。

胸に過るのは、鶴姫のことだ。尚成の妻となるはずだった人。なにかを為す前に、なにかを残す前に、この世を飛び立っていった人。

「人も化生も、たいして変わらんなぁ……」

呟いて、空を仰いだ。

そのころ、福治は庵に佇み、床の間に掛けた絵画を見つめていた。その手には、紫色の包みに伏せられた、丸い銅鏡が握られている。

美しい女の絵だ。豊かな黒髪、山形の眉に意志の強そうな目元。薄い朱塗りの着物と、背後の紅葉。燃えたつような朱色の山を背景に、女は見る者へ凛とした微笑みを投げている。

福治は銅鏡に視線を落とした。

蓮と天女を模った模様。青い錆びが浮き、古いものであるのが分かる。

「桐子《とうこ》……」

福治は呟いて、鏡の縁を指で撫でた。

みむろが、柱の陰からそんな福治を覗いている。絵画に視線を移して、小さく息を吐いた。

*

その日、尚成は酒とつまみ、そして菓子袋を持って福治の家に向かっていた。抜けるような青空。水無月の昼前は、まだ暑さも柔らかで、木陰が心地よい。じきに梅雨に入り、梅雨が明ければ本格的な暑さが始まる。爽やかな気候を楽しめるのも、今の内だけだろう。

福治の庵の門が見え始めた。ちょうど側に、みむろが腰を下ろして竹トンボを回している。

みむろはじっと手元に集中し、爪先で飛び上がって、空へと竹トンボを放つ。尚成はふわふわと頭上に飛んできたそれを摑んで、みむろに差し出した。

「よう、タカナリ」

小さな手で竹トンボを受け取る。目敏く尚成の腰元の袋に気付いて、「それは菓子か？」と目を輝かせた。

「少しずつ食べろよ」

言って、みむろに袋を渡す。中は、揚げ菓子と干菓子がどっさり入っている。みむろはご満悦な笑みを浮かべて菓子袋を受け取り、茶を出してくれるという。

庵に入ると、ちょうど土間の厨で、福治が火に薪をくべているところだった。

「またおまえか」

福治が露骨にいやそうな顔をする。

尚成は毎度のことと思って、さして気にするでもなく土産の酒とつまみを差し出した。

「俺からの謝礼だ」

「ずいぶん安いな」

「良いものは、朝輔殿や清光殿からたんまり貰っているだろう。だから俺からは気持ちばかりの粗品だ」

「図々しいやつ」

憎まれ口を叩きながらも、福治は酒とつまみを受け取った。

厨の片隅で、みむろがせっせと茶器と茶碗を出して、お茶の準備をしている。尚成は板の間に腰を下ろして、小さな背中がちゃきちゃきと動く姿を眺めていた。

「福治殿は、気付いていたのか？」

「なにがだ」

尚成の問いかけに、福治が横目で尋ね返す。茶をいただく気はさらさらないようで、尚成の手土産の酒を杯に入れて呷っている。

「金華猫と及子殿のことだ」

福治は金華猫を知っているような口ぶりだった。及子の胸元についた金色の毛にも、気付いている。だいたいのことは察していたのではないだろうか。

「当たり前だ」

福治が頷く。

「及子を見た時、呪の気配はどこにもなかった。あの日、金華猫の姿も見たしな」

「だったら、俺にあの一家の周辺を探らせたのは何だったのだ！」

「おまえが納得しないだろう。私の口から話したところで、おまえは『はいそうですか』と殊勝な態度はとれまい。無知なくせに口だけ達者で、お節介で、気の強いじゃじゃ馬で」

酒が入っているせいか、いつもより饒舌で毒舌だ。しかし言っていることはあながち外れていないので、尚成は言い返す言葉もなく、眉を顰めて口を窄めた。

「じゃじゃ馬は男に使う言葉ではないぞ」

「なら言い直してやる。わがままで、きかん気の強い、身勝手な半人前」

「そこまで言う必要ないだろう……」

多少のいじけた気持ちが湧いてくる。しかし福治は気にするでもなく、二杯目の杯を呷っていた。

「……牛雄を見た。背負っているのは、二人の赤子か？」

「引き取りたいと言うので渡した。とはいえ、あれは金華猫が及子へ精気を送り込む媒体とするためだけに成したものだ。数日のうちに、蓄えた精気を使い果たして消滅するだろうよ」

「生きている子ではないのか!?」

「ああ。念の塊のようなものだ」

福治曰く、及子は乙女であり、彼女が孕んでいたものは、念、つまり想いであったという。

「念の塊なら、なぜわざわざ赤子の姿をとったのだろうな」

金華猫の想いが、赤子の姿を取ったのか。あるいは、及子が腹の中で赤子の形にしたのか。

「なんであれ、二人の間に生《な》ったものではある」

そう言って、福治は濡れた口元を拭った。

「――あなたは、兼久や金華猫と同じ類のものなのか？」

尚成は思い切って、切り出してみる。

福治は一瞬、わずかに目を見開いた。

しかしすぐに冷静さを取り戻し、穿つような目で「さてな」と杯を置く。

「もしそうだと言ったら、どうする？」

試すような目つきだ。

もし、福治が兼久や金華猫と同じ類のものであれば、どうだろう。

兼久も、金華猫も、どちらも一途で、徒に人を虐げたり陥れたりしなかった。己の命を懸けて、誠意を尽くす。それが化生というものなら、呪い恨み妬《ねた》む人よりよほど心根は素直だ。

「もしそうなら、怖くはないな」

それに、なんだかんだと文句をつけながら、福治は尚成に手を差し伸べてくれる。

「ただ少し、驚きはするが」

尚成が笑うと、福治の表情がひどく強張った。

「桐子と同じことを言う」

「なに？」

何でもないと言って、福治は首を横に振った。

「おい、タカナリ。茶だ、手伝え！」

みむろが飛び跳ねて尚成に声をかける。皿の上に菓子をあけて、湯呑が三つ。みむろ一人で運びきれないらしい。

「湯呑は俺が持とう。火傷をするなよ」

尚成は立ち上がって、みむろのもとに向かった。

福治は黙ったまま、じっと二人のはしゃぐ姿を見つめている。

さわさわ、夏の風が吹いている。福治の髪を撫で、みむろと尚成の間を抜けて、床の間に飾られた紅葉を背に立つ女の絵画を揺らした。

三話　真澄鏡

文月の三十日。

その夜、相撲《すまい》の節会《せちえ》を終えた宴が、衛門府《えもんふ》の者たちによって催されていた。

相撲の節会とは、文月二十八、二十九日に催される相撲で、全国から選ばれた相撲人《すまいびと》が、紫宸殿の南庭で相撲をとる。真剣勝負であるゆえに、けが人が出ることもしばしばあったが、今年はけがも事故もなく無事終わった。

悪いことは起こらないのが一番。人には何事もないのが一番だ。尚成《たかなり》はほのかに酩酊しながら、快い達成感に浸っていた。

夏の月は明るく、昼の暑さは身を潜めている。少し冷たい夜風が、頬に気持ちよかった。

池の側に敷きものを敷き、炬火《きょか》を灯し、酒や肴を持ち寄って、大いに語り、笑い、互いをねぎらう。隣の者に酒を注ぎ、向かいの者につまみを勧め、昨日の相撲の様子を語り合った。

尚成に杯を差し出す手がある。目を向けると、四角い顔に三日月目の男がいた。

「尚成、賭けをしないか」

そう言って腰を下ろし、誘ってきたのは、同僚の岡部《おかべ》正敏《まさとし》だ。共に行動することが少ないので、あまり接点はない。

「面白いものを手に入れてな」

尚成の首に腕を回し、小さく耳打ちする。

「まあ、まずは飲め、飲め」

「いや、俺はもう、これ以上は……」

「なんだ、弱いなぁ」

岡部はつまらなそうに口を尖らせながら、尚成の口に杯を押し付ける。

「飲んでみれば、飲めるもんだって」

ぐいぐいと唇をこじ開け、杯の縁が前歯に当たり、半ば無理やりに酒精が流し込まれる。口腔に酒の香りがいっぱいに広がり、鼻から抜け、頭がふわふわしてきた。

「なぁ、いいだろ」

耳朶の側で何か囁かれているが、何がどういいのか分からない。意識がもうろうとしたまま、ゆっくり途切れて、消えた。


「尚成様、尚成様」

肩を揺すられて、目が覚めた。

人のよさそうな、肉付きのいい丸い顔が視界いっぱいに広がっている。この男は知っている。

「ん……。菰平《こへい》か」

「菰平か、じゃないですよォ」

困った子供を叱るような顔で、菰平は尚成を見下ろしている。

「こんなところで寝られたら、困っちゃいます」

一見柔らかそうだが、その実逞しい腕を伸ばして、菰平は尚成の上半身を引っ張り起こした。

「んわあ、お酒臭い！」

菰平が鼻を摘んで顔を顰《しか》めた。そういえば、菰平は酒が飲めなかったか。寝ぼけ眼《まなこ》を擦《こす》りながら辺りを見回して、いつもの自分の部屋でないことは理解した。

「ここは……厨か」

「治子《はるこ》様や貴嗣《たかつぐ》様に見つかったら、怒られますよ」

「そう大声を出されると、頭に響く……」

「珍しいですねぇ、尚成様がお酒でこうなるなんて」

日頃、翌日まで残るほど酒を飲むことはない。軽く酔う程度に留めているのだが、どうやら昨夜は羽目を外したらしい。尚成はずきずき痛む頭を抱えた。菰平はやれやれといった様子で、手に持った水を尚成に差し出す。それをありがたく受け取った時、何かが尚成の膝の上から滑り落ちた。紫色の巾着から、円いものが出ている。

「なんだ、これは」

銅でできた、円い盆のようなものである。巾着から取り出して見てみると、蓮と天女の模様が描かれているらしい。青い錆びが浮いて、手に粉がついた。慌てて袋の中に戻す。

「それ、昨日尚成様が持って帰ってこられたものですよ」

「俺が？」

「ええ。なんでも、ご友人との賭けに勝ったとかで。その形状、銅鏡ですか。ずいぶん古いですねぇ」

「面白いものと言っていた気がするが、なぜこんなもの……」

「値打ちものでしょうかね」

菰平が首を傾げる。尚成は手をはたいて錆びを落とすと、水の残りを飲み干す。

「値打ちものなら、いずれ返せと言われるかもしれないな。蔵にでもしまっておくか」

しかし、なぜまたそんなものをあの場に持ってきたのやら。

一通り朝の身支度を終え、いつもより遅い朝食を摂り、ひと息つくころにはすでに昼前になっていた。

今日が非番で良かった。もう二度と、深酒はするまい。そう心に誓いながら、寝殿造とはまた別に建てられた倉庫に赴く。高床式の倉庫で、防湿、防鼠《ぼうそ》に優れ、書物や着物の保存に適している。

年代物の値打ち品を紫色の巾着袋に入れただけというのも心許なく、使わなくなった桐の箱を用意した。これなら、落としてもまず大丈夫だろう。

「さて、どこに置くかなぁ」

倉庫には、様々なものが保管されている。置き場所のない楽器、壺には何本かの掛け軸が巻いた状態で差し込まれ、棚には写本や木簡が詰め込まれている。尚成の産着や、幼いころに着ていた水干、母の娘時代の着物や、父の趣味である狩りの道具など、日用品から値打ち品まで雑多に、しかし整理されて配置されている。

写本や木簡を詰め込んだ棚の下段に、大きな長持《ながもち》がしまい込まれていた。他のものより古く、年代物のようだ。

「この長持の中にでも入れておくか」

しゃがんで、長持を引っ張り出す。埃が舞って、軽く噎《む》せた。黒い漆塗りで、金色の桐の葉模様が描かれている。中には朱色の鮮やかな着物が入っていた。桐模様に蝶。金糸の刺繡が美しい。

「母上には、ちょっと似合わない色だな」

治子は、どちらかというと優しい色合いの似合う女性だ。桜色や藤色などが一番しっくりくるし、本人もその系統をよく好む。これを着ているところを見たことがないから、おそらく誰かからの貰い物だろう。

しかし、ここには入らなそうだ。尚成は長持の蓋を閉め、その上に銅鏡を収めた桐の箱を置き、再び棚の下に押し込んだ。

念のため、両親にも報告しておいた方がいいだろう。尚成は、本殿に戻って父母の姿を捜した。

ちょうど二人は縁側に座り、仲良く囲碁を打っている。

「父上、母上。桐柄に黒漆塗りの長持の上に置いてある箱は、知人からの預かりも尚成がそう言うと、貴嗣は「分かった」と答え、治子は碁盤を睨んだまま口をへの字に曲げている。

「母上？」

尚成を片手で制し、片手は白い碁石を玩《もてあそ》んでいる。これは、苦戦している時の治子の癖だ。尚成が治子の肩越しに碁盤を覗きこむと、なるほどずいぶん分が悪い。

尚成は、碁石入れから白い碁石をひとつ摘んで、碁盤に打つ。

「まぁ」

治子が声を上げて、尚成を振り返った。

「……また、嫌な所に石を置くなぁ」

難しい顔の貴嗣に、尚成と治子は顔を見合わせて笑う。今度は、貴嗣が唸りながら碁盤を睨み始めた。

「ええと、何だったかしら」

「桐柄に黒漆塗りの長持の上に置いてある箱は、知人からの預かりものなので、よろしくお願いします、というお話をしました」

「あら、そんな長持あったかしら？」

きょとんとした顔で、治子が首を傾げる。

「写本や書簡が入った棚の下に。中には、朱色の着物が入っておりました」

尚成が答えると、治子は「ああ」と、何か思い出したように手を打った。

「母上の着物の入った長持のことね」

「母上の……？」

「ええ。おまえにとっては、お祖母《ばあ》さまになるわね」

治子は、柔和な笑みを浮かべる。

「お祖母さまのものが、うちにあったのですか」

少し驚いた。尚成が生まれた時、すでに祖母はこの世になく、よって尚成は母方の祖母のことを何も知らない。梗子《きょうこ》によれば、治子を産んだ時に亡くなったらしく、治子という名前だけ残していった。治子もまた、母の顔も知らないという。

「私が結婚する時、梗子叔母様が持たせてくださったのよ。お母様の若いころの着物で、当時の私くらいの年頃によく着ていたって」

だが、その着物の色はどうしても治子の顔に合わなかった。二度ほど着て、以降は汚さないよう、大切に長持にしまいこみ、そのまま今日まできたらしい。

「娘が生まれたら、着せてやろうと思って、そのままにしていたのね」

ふふと、治子は袖の下で笑った。

治子には似合わない、あの鮮やかな朱色の着物を着こなしていた祖母。きっと、柔和な印象のある治子とはまた違った顔つきなのだろう。

「お祖母さまは、どんな方だったのでしょうね」

「そうねぇ。梗子叔母様は、気の強い、しっかり者の姉だって言っていたわねぇ」

そういえば、尚成の顔は治子とはあまり似ていない。かといって貴嗣に似ているかと問われればそれもそうとは言えず、なぜか梗子に少し似ていると言われたことがある。

「もしかしたら、尚成はお祖母さま似なのかもしれないわねぇ」

尚成の思考を読んだように、治子が呟《つぶや》いた。心を見抜かれたようでどきりとしつつ、曖昧《あいまい》に笑って返す。

「それはあり得ることだ」

今まで碁盤に目を釘づけにしていた貴嗣が、突然話に割り込んできた。

「同僚が、孫が自分によく似ていると話していてな。実際、見てみたがよく似ていたよ」

「へぇ……」

そういうこともあるのかと、妙に納得する。考えてみれば血縁であるのだから、一世代とんで顔が似ついていてもおかしくはない。

「試しに一度、着てみる？　おまえの顔なら、似合うかもしれないわ」

「いえ、せっかくの着物が汚れたら大変なので」

突拍子もない治子の提案を、尚成は丁寧に断った。

＊

それから二月《ふたつき》ほど経った、長月の末。菊の花が最後の盛りを見せはじめ、鈴虫の声が快い季節。

父方の遠縁の親戚が、娘の十三歳のお祝いに寺社を参拝し、帰路に清川《きよかわ》邸に立ち寄った。

娘の美与《みよ》は澄ました顔で、干菓子をぺろりと食べ、お茶もしっかりお代わりをした。

「美与ちゃん、美人さんに育って」

治子が微笑《ほほえ》む。

艶々した黒髪。肉付きのいい、丸い頬。黒目がちな瞳は大きく、小鹿のようだ。ころころした背中に、つるりと脂ののった肌。首や手指はまだまだ子どもの名残が強いが、もう間もなくすれば、ほっそりと長く、大人の女へと変貌を遂げるだろう。美しさの種を秘めた少女である。

母の実美《さねみ》が、まんざらでもない顔で謙遜する。お付の女房が美与の口に張り付いた食べかすを拭っていた。

「お菓子、もうないの？」

美与が治子に尋ねる。治子は側に控えていた家人に菓子の追加を頼んだ。

「お菓子、こんなちょっとじゃ足りないわよ。最初からもっといっぱい持ってきてくれればいいのに……。おば様のお家って、気が利かない召使いをつかってるのね」

美与が頬を膨らませる。

相変わらず厚かましい姫君であることだと、尚成は内心で呆気にとられた。

「尚成殿、御結婚は？」

「ふぁい!?」

部屋の端に控えていた尚成は、実美に突然話を振られて思わず舌を噛んでしまった。

「ご予定はあるの？」

世間話のようだが、この話の真意はなんだろう。返す言葉に困っていると、実美がちらと美与を横目で見た。

「美与もそろそろ結婚の話を考える年頃でしょう。尚成殿は大内裏でお勤めのようだし、その御歳でなかなか出世されているらしいじゃありませんか」

それが本題か。

尚成は口角が引き攣りそうになった。

尚成はこの親子が苦手であった。おそらく十三の祝いの参拝というのは口実で、その話をしに来たのだろう。

美与は運ばれてきた菓子を、礼も言わずに両手で黙々と食べている。実美はまさか断られるとは思ってもいない顔で、自信たっぷりに尚成に微笑みを送っている。

うまく返す言葉の浮かばないまま尚成が硬直していると、菰平が「尚成様」と、木戸の向こうから尚成を呼ばわった。

「お客様がお越しです。いかがいたしますか」

まさにこれこそ、天の助け。

「仕事の話かもしれん。今、行く」

ぱっと立ち上がって、実美に深々頭を下げる。いつもより足早に歩いて部屋を出ると、呆れた顔の菰平がいた。

「で、客というのは？」

尚成の言葉に、菰平が首を横に振る。

「おりませんよ。菓子の追加を承った時、治子様の御指示で、適当に尚成様を退出させろと仰せつかっておりまして」

そういうことか。

母上はぽわぽわしているようで、案外しっかり者なのかもしれない。

あのままでは、危うく美与との婚約話に突入するかもしれなかった。尚成は母に感謝しつつ、そそくさとその場を立ち去った。

適当に時間を潰すため、近くの河原を散歩する。

夏の暑さは身を潜め、秋の爽やかな風が吹いている。河原の平らな小石をひとつ摘み、横に向かって水平に投げた。一つ、二つ、波紋を作って小石は沈んだ。

「結婚……か」

『わたしの頭も飾りじゃないのよ。夫とする男の可否は、わたしが決めるの』

そう言って悪戯っぽく笑った顔が、脳裏に焼き付いている。

『琵琶も弾けるの？　凄いわね。わたし、楽器はあまり得意じゃないのよね』

『鶴姫《つるひめ》殿、楽器はお嫌いですか？』

『弾くのはね。聴くのは好きよ』

みんなには秘密よ。そう気恥ずかしそうに肩を竦めて、彼女は楽しそうに目を細めた。

『ねえ。今度は、琵琶を持ってらっしゃいよ。聴きたい曲があるの』

今度があるのかと、またここに来て良いのかと、胸が躍った。そんな在りし日の思い出が、ありありと胸に蘇る。

――会いたい。

涙が溢れそうになって、尚成はきゅっと唇を結んだ。

会って話がしたい。新しく覚えた曲も聴かせたい。笑った顔を見たい。声が聴きたい。隣に並んで、明日の話をたくさんしたい。あの指先に繋がって、生きていることを確かめたい。

太陽に手をかざしてみる。日焼けのあとも、ゆっくり薄れ始めている。こんなふうに、記憶も思い出も、いつか薄れていってしまうのだろうか。

時の流れは、止めようがない。時の流れとともに移ろい、薄れていくものも、留めようがないのだろう。尚成はそれが悲しく、苦しく、切なかった。

さらさらと流れる小川を眺め、ひと息吐いて立ち上がる。そろそろ、あの親子も帰ったころだろう。

「ただいま」

「おかえりなさいませ」

菰平が門の前を箒で掃きながら、きょろきょろ辺りを見回して尚成の耳元に口を近付けた。

「あの若い姫様、倉庫のまわりをうろちょろしていたもんで。悪戯されてないか、確認した方が」

「遊んでいただけだろう。そこまでしなくとも、大丈夫だよ」

さすがに、血縁に対してそこまで気を張らなくても大丈夫だろう。尚成は軽く笑った。

しかし、この時の尚成の考えは甘かったとのちに証明される。

数週間後、美与の両親が従者を従えて清川邸に乗り込んできた。

顔を怒らせ、鬼のような形相で、家人の制止も聞かず床板を鳴らしながら寝殿に踏み込む。

「美与を、どうしてくれるつもりだ!?」

貴嗣が訝しく眉を顰《ひそ》めると、美与の父・吉野元也《よしのもとや》は顔を真っ赤にして肩を怒らせた。

「厄介な呪物を押し付けてくれたそうではないか!」

「申し訳ないのですが、お話の要領が摑めません」

治子が困った顔で首を傾げる。実美が、目じりをきつくして治子を睨み付けた。

「まぁ、とぼけるつもりですか!?」

「とぼけるも何も……まずは最初からお話をお聞かせ願いたい」

尚成が咄嗟に治子の前に進み出ると、実美は尚成にも眼の怒りをぶつけた。

「先日、こちらへお伺いした時、倉庫にある銅鏡を美与に与えましたね」

「――はぁ？」

素っ頓狂な声が出た。そんな覚えなどない。

「それから、あの子の様子がどんどんおかしくなって、医者も僧侶も、これは手の出せぬ状態だと！」

「ちょっとお待ちください、倉庫の銅鏡を、誰が美与殿に与えたのです？」

話を整理するために、一度制止をかける。

倉庫の銅鏡とは、あの銅鏡のことか？

「これがその銅鏡の箱です！」

実美が桐の箱を突き付ける。中には、空の紫色した巾着袋が入っていた。

「これは、俺の……」

「そうでしょう!?　やっぱりあなたが悪いんじゃありませんか！」

「ですが、これは知人からの預かりものです。人に譲り渡すことは、間違ってもありません」

「では、なぜこれを美与が持っているのです!?　あなたが渡したからじゃありませんの!?」

実美は誰かが口を挟む隙も与えず、金切声をあげて尚成に詰め寄る。

その時、尚成の頭に菰平の話が過った。倉庫のまわりで遊んでいたが、悪戯されてはいないかと言っていたが、あれはこのことだったのか。

「うちで働く者が、我が家の倉庫の周辺で遊んでいる美与殿を見たそうです」

「この際、入手の方法は置いておく。尚成殿、これはどういう謂れの品なのですか」

尚成の言葉に被せるように、元也が凄む。その傲慢《ごうまん》な言い様に思う所はありつつ、銅鏡を手に入れた時の話を言って聞かせた。

銅鏡は古く値打ちものでありそうだし、酒の席での賭け事の話であるから、のちのち返還を求められた時のため、取り扱いには気を付けて倉庫に保管しておいたこと。そもそも尚成は当時屋敷の外にいて、美与とはいっさい関わっていないこと。

そして目撃者である菰平を呼び、倉庫の周辺で美与が遊んでいた時の話を聞いた。すると、どうやら菰平が見たのは、ただ周辺で遊んでいるだけの姿ではなかったらしい。周囲を気にしつつ、腕に桐箱を抱えて倉庫から走り去るところを見ていたのだった。

「申し訳ありません、確信がなかったもので、むやみやたらによその姫様に泥をかけるようなことは言えず」

菰平は心底申し訳なさそうに頭を下げた。

「じゃ、美与が盗ったとでも仰りたいの!? 使用人の分際で、美与を陥《おとし》れる気ね！」

実美は菰平にきつく当たる。さすがに言葉が過ぎると尚成が反論しようとした時、治子が先に口を開いた。

「実美さん。そろそろ、いい加減にしたらどうです」

言葉はきついが、口調も表情も柔らかく、優しい。

「重要なのは、娘さんが大事になっている、どうすれば良いかということでしょう。今、ここで原因や責任の在り処を追及したところで、どうにもなりませんよ」

治子が笑顔のまま続ける。

「菰平は正直で真面目な者です。美与ちゃんを陥れて、菰平に何の得がありましょう」

「確かにそうだ」

ここにきて、初めて貴嗣が口を開いた。

「まずは一度、美与殿の容態を見、尚成はその知人に銅鏡の謂れを聞きなさい。なぜ、倉庫にあったはずの物が美与殿の手に渡ったかは、美与殿が回復されてから本人に聞けばよい」

まったくの正論である。一同は、美与のもとに向かった。

美与の容態は、想像以上にひどいものであった。

すっかり白髪老婆となり果てた姫が、鏡を胸に抱いて夜具の上に座り込んでいる。黒々と美しかった髪は、艶と張りを失った白髪と変わり、脂ののった瑞々しい肌は、乾いて粉をふいている。頬は血色を失って土色となり、首も腕も細く筋張って、まるで枯れ枝のようだ。

「美与は、片時も鏡を離さず胸に抱き、大の大人が鏡を取りあげようとしてもびくともしないのだ」

元也が、沈痛な面持ちを作った。美与に手を伸ばし、その腕から鏡を抜き取ろうとするが、岩のように固くて抜けない。

「昼も夜もなく鏡を覗きこみ、見入り続ける」

まるで老婆と見紛うほどになった少女。このような状況では、いつ命を落としてもおかしくない。

「いったいこの銅鏡は何なのか、ただちに聞いてまいります」

尚成はいてもたってもいられず、腰を上げた。

こうなったら、頼る相手は一人だ。この状況に対処できるのは、ただ一人。

尚成は、福治《ふくじ》のもとに走った。

しかし、福治とみむろの対応は冷たかった。

「盗人《ぬすっと》がどうなろうと、知らん」

二人は口をそろえて言う。

とくに福治は気が立っていて、纏う空気が強く張り詰めている。

「そもそも、そんな性根の腐った盗人なんぞ、生かしておいてもろくなことをせんわ」

今日は殊更機嫌が悪いらしい。言葉もいつも以上に辛辣で、冷淡を通り越して冷たい。尚成は、土間におりて地べたに頭を擦りつけた。

「その子が持ち出したのは、古い銅鏡なのだ。きっと、出来心で……」

福治が片眉を顰める。

「どんな銅鏡だ」

「円くて、錆がついて古くて、紫の巾着袋に入っていた」

「柄は蓮に天女か？」

「よく知っているな」

古い銅鏡にはよくある模様なのだろうか。

尚成が顔を上げると、福治は神妙な顔で顎《あご》を撫でていた。

「その銅鏡、おそらく私の所から盗み出されたものだな」

福治は忌々しいと言わんばかりに、顔を歪めている。

「盗まれた……？」

「たまにある。強い力を持った呪物が人を呼び、自分を持ち出させるのだ」

物が人を使って、己を運ばせる。そんなことがあるのか。

「では、もしかしたら美与殿が倉庫から銅鏡を持ち出したのは……やはり、銅鏡の力で美与殿に罪はないのでは」

「呪物の力に呼応するのは、それなりにやましい心の持ち主だぞ」

くぎを刺すように、福治が言った。

「げんに、おまえは銅鏡を手にしてもなんともなかっただろう。あれらは、欲深な心、妬《ねた》み、嫉《そね》み、猜疑心《さいぎしん》、そういった闇の部分に働きかけるものだ」

銅鏡の力に呼応し、盗みを働いた美与は、やはりそれなりに邪な心を持っているのだと、福治は寺の僧侶のように語る。

「そんなことを言わず、どうか頼む」

尚成は立ち上がり、福治の腕に縋りついた。

「正直言うと、俺も思うところはある。しかし、それが死に値するほどのこととは思えない」

「それは、おまえがこうやって私に縋りついてまで頼み込むことなのか？」

こうも冷淡にあしらわれるのは初めてだ。何と言えばいいものか。尚成は眉根を寄せ、首を傾げた。

「だが、あんな姿を見てしまったらかわいそうでな。俺だって、馬鹿馬鹿しいと思うよ」

「……その顔を止めろ」

福治の顔が歪んだ。

苦しくて辛くてどうしようもないのに、それを無理やり押し殺した顔だ。尚成が驚いてわずかに身を竦ませると、福治が乱暴に尚成を振り払った。

「ふ、福治殿？」

「行ってやる。しかし、美与とかいう愚か者を救うためではない。私の鏡を回収するだけだ」

ぱっと、目の前に道が開けた。

「では、行くか」

「よ、用意はいいのか」

「あの鏡は、覗きこまん限り悪さはできんのでな」

巾着布と箱さえあれば、あとは簡単だと、福治は沓《くつ》を履きながら答えた。


早速、尚成と福治は美与と両親の待つ吉野家へと向かった。

美与の両親は、なにやら胡散なものを見る目で尚成と福治を見ている。美与はというと、夜具の上に座し、じっと銅鏡を覗きこんでいる。まるで、この部屋には自分以外誰もいないとでもいうように、鏡以外の何にも反応を示していなかった。

「なんとかなるのか」

元也が戸惑っているような顔で尋ねる。

「何をしても、岩のように動かんのだ。引いても、押しても、びくともせん」

というのは、貴嗣である。二人の額に汗の名残がある。どうにかこうにか、力ずくで鏡と美与を引きはがそうとしたのだろう。

「これには、ちょっとしたコツがありましてな」

福治はそう言って、美与の背後に立った。

美与は恍惚《こうこつ》とした面持ちで、鏡を見続けている。福治には、なんの反応もない。見えていない、存在していないかのようだ。

「尚成、紫色の巾着と桐の箱を持ってきてくれ」

福治は、弟子か助手にするかのように尚成に指示をだし、尚成も素直に従った。

美与の背後に立つ福治の傍らに、巾着袋を持って待機する。

口の中で福治が呪文を唱える。聞いたことのない、不思議な言葉だ。福治が腰を落とす。両手で美与の目を塞ぎ、何ごとか耳元で囁いた。にやついていた美与の口元が、笑みを消す。するりと銅鏡が指をすり抜け、膝の上に落ちた。

「尚成、鏡を見ないようにその巾着袋の中に収めろ」

指示に従って、素早く鏡を袋の中にしまいこむ。かたく口を閉じ、桐の箱の中に閉じ込めた。美与が福治の腕に沈む。気を失ったらしい。実美が慌てて駆け寄って、美与を胸に抱きしめる。微かな寝息が聞こえた。

「終わりました」

「お、終わった……?」

「この鏡は魔棲鏡《まそかがみ》といって、見る者の欲望を幻想として映し出すかわりに、精気を吸い取るものです。ですが、鏡を完全に離してしまえば害はありません。容貌も、しばらく療養してしっかり英気を養えば、いずれ回復しましょう」

「よ、よかった……」

実美が震える手で美与を抱きしめ、涙で濡れた頬を擦り寄せる。

「いったい、どうお礼をしてよいか……。貴殿はいったい?」

「申し遅れました。呪術師の福治と申します。謝礼については、後日こちらから使いのものを出しますので」

「福治殿と仰いましたか!」

元也が慌てて頭を下げる。

夫が平伏する姿を目の当たりにして、実美が美与を抱いて進み出た。

「その腕前、さぞ名のあるお方の様子……」

元也の制止を聞かず、実美は膝を突いて深々頭を垂れた。

「この子はあなた様に命を救われました。この子の命は、あなた様のものも同じ。どうか、この子をあなた様の伴侶として、お側に置いてくださいませ」

なにを言っているのだ。尚成は眩暈《めまい》がした。

「お断りします」

案の定、福治が一刀両断して縁談を突き返す。

「この鏡は、心に強い欲望を持つ者が引き込まれる。あなたの娘は、この鏡を勝手に持ち出し、我がものとした。よほどに欲深く、また理性のきかない罪深き者だ。商売上、そういう輩はいやというほど見ている。利己的で、我が儘で、勝手で……。私はどうにもそういった手合いが嫌いなものでね」

散々な言い様である。

実美は呆然と口を開いていたが、やがて山査子《さんざし》のように真っ赤になり、眦《まなじり》を吊り上げた。

「な、な、なんですって」

元也が実美の口をふさぐ。

「妻が勝手なことを口走り、申し訳ない。謝礼は後日、そちらの言い値でお支払いしましょう」

にこりと笑って、福治が踵を返す。まさしく、嵐のように来て嵐のように去るといった様子だ。

見る者の欲望を幻想として映し出す鏡か。とんだものを押し付けられていたものだ。

尚成は鏡面を覗かなかったことを幸いに思いつつ、ふと、

――俺が覗いたら、いったい何が映るのだろう。

と、何気ない考えが脳裏をよぎった。

「おい、尚成。何をしている。行くぞ」

木戸の前で福治が振り返る。顎をしゃくって、早く来いという合図だ。尚成が慌てて腰を上げると、

「尚成」

治子に呼び止められた。

「福治殿に、よくよくお礼を言っておくように」

貴嗣が尚成に念を押して言う。

「はい。分かりました」

頷いて、腕の中に桐の箱を抱きしめながら福治の後を追った。

後日、治子と貴嗣に持たされた礼の品物を携えて、尚成は福治の庵を訪れた。

いつも、山道を上がった門のところにみむろがいて、手土産は何かと足元にまと

わりついてくる。そのため、両親から持たされた謝礼の他にも、みむろのための菓子を持ってきた。たっぷりときな粉をまぶした牡丹餅《ぼたもち》だ。彼女の喜ぶ顔が、ありありと浮かぶ。

茅葺《かやぶき》の屋根が見えた。

そろそろかと思いつつ、みむろの姿を捜す。だが、今日はみむろの出迎えはなかった。

いったいどうしたのだろう。いつもの出迎えがないと、やはりどこか物足りず、寂しい。

庵の中だろうか。もしかしたら、福治と茶でも飲んでいるのかもしれない。

気を取り直して、庵に足を向ける。木戸を開ければ、土間でみむろが待ち受けているかもしれない。

今日の土産は奮発した。きっとみむろは気に入るだろう。

「おおい。来たぞー」

と言いつつ木戸を開けるが、返ってくる言葉はなかった。周囲はしんと静まりかえっていて、まるで人の気配がない。

「なんだ。せっかくいいものを持ってきたのに」

拗ねたように唇を尖らせ、尚成は板の間に腰かけた。謝礼として持たされている金品と、みむろへの菓子を側に置く。

「福治殿、みむろ。いないか？」

念のため、膝で座敷に乗り上がって声をかけてみる。虚しく尚成の声が床や壁に染みるだけだった。

なんだか、世界からひとりだけ取り残されてしまったようだ。そう思うと、妙に落ち着きのない、そわそわした心地になった。

「こんな小さな庵でも、一人は寂しいものだな」

呟いてみて、納得する。そうか。これが寂しいという気持ちか。日頃、家族や家人に囲まれ、同僚に囲まれ、一人になることは、夜、部屋で寝る時くらいだ。

ふと、庵の奥が気になった。

何かいいものが、そこにある気がする。自分が欲していたものが、置いてある気がする。

沓を脱ぎ、上がり込む。いつも茶を出してもらっている客間を抜け、その奥の一室、おそらく福治の寝室であろうそこに、足を踏み入れる。

何の変哲もない寝室だ。

円形の窓が洒落ている。その下に文机《ふづくえ》があり、桐の小箱が置かれ、簞笥《たんす》が置かれ、その中には巻物や書物が美しく並んでいる。その下段の引き出しが、不自然に開いていた。

そこが気になる。

尚成は吸い寄せられるように、その引き出しの前に立っていた。膝を突く。手を伸ばす。喉を鳴らす。

俺は、いけないことをしている。

ここは人の家で、寝室で、そしてこれは人の私物だ。勝手に触っていいものではない。

戻ろう。何にも触らず、黙って土間に戻ろう。板の間に座って、みむろか福治殿の帰りを待とう。

それがいい。そうしよう。そうするべきだ。

そう分かっているのに、指が、引き出しの取手に掛かっていた。軋んだ音を立て、ゆっくりと開く。隙間から、紫色の生地が見えた。

これは、魔棲鏡を入れた巾着ではないか。

なぜこんなところにある。桐の箱に入れておいたはず。なぜこれが、こんな無造作に、引き出しの中に押し込まれているのだ。

尚成の手が、巾着を取り出した。勝手に結び目を解き、開く。中から、円盤状の、ずっしりした鏡を取り出す。青い錆びのついた縁、蓮の花模様が露わになっていく。

駄目だ。これを見ては駄目だ。

老婆のように枯れた美与の姿が頭をよぎる。

『この鏡は魔棲鏡といって、見る者の欲望を幻想として映し出すかわりに、精気を吸い取るものです』

俺が覗きこむと、いったい何が映るのだ。誰の姿が映るのだ。

胸が鳴った。汗が滲《にじ》む。

『この鏡は、心に強い欲望を持つ者が引き込まれる』

どくんどくんと、耳の中で心臓が鳴っている。喉が渇いて、唾を呑んだ。

――尚成。

鶴姫の微笑む顔が、脳裏に過った。

手が緩む。まだ出し切っていない銅鏡が、巾着の中から滑り落ちた。不運にも、文机の角に鏡面が当たった。がしゃと、ひびの入った音がする。

その衝撃で、尚成は我に返った。

「あ、お、俺は何を……」

自分がしでかしたことに気付いて、血の気が引く。木戸が開く音が、玄関でする。尚成は慌てて銅鏡を巾着袋に押し込み、もとの引き出しの中に詰めた。

素早く板の間に戻り、何ごともなかったような顔で座る。心臓は高く鳴っていたし、背中や脇の辺りにじっとり湿ったものを感じる。指が震えて、尚成は拳を握りしめた。

「お、タカナリ。来ていたのか」

木戸を開けたのはみむろだった。腕いっぱいに、キノコや山菜を載せた籠《かご》を抱えている。

「声をかけたが、誰もいないので上がらせてもらった」

「どうせここは福治の家だ。好きにくつろげ。今日はどうした？」

その問いに、尚成は項を掻いた。

「親から預かった謝礼と、みむろへの土産を持ってきたのだ」

「ほう！」

「牡丹餅だ」

「ふふん、タカナリはなかなか気が利くなぁ」

　籠を置いて、みむろが上機嫌に菓子袋にありつく。

「福治殿は……？」

「あいつは今、裏の沢のところにいるよ。もうじき戻るだろう」

「そ、そうか」

　内心ほっとした。ここにはいないらしい。

「茶でも飲んで待つといい」

　みむろの勧めに、尚成は「いや」と首を横に振った。

「今日はもうお暇する。また後日、顔を見に寄らせてもらうよ」

　みむろが意外そうに首を傾げるが、すぐに興味を失ったのか、袋から取り出した牡丹餅をかじりながら、気を付けて帰れよと見送ってくれた。

　自分のしでかそうとしたことが、恐ろしい。俺は鏡を盗もうとしていた。

　自分のしてしまったことが、恐ろしい。俺は鏡にひびを入れてしまった。

　手が震える。

　尚成は家の前の小川につくと、河原から水面に身を乗り出した。

『この鏡は、心に強い欲望を持つ者が引き込まれる』

福治の、美与を評する声が耳に蘇る。

『あなたの娘は、この鏡を勝手に持ち出し、我がものとした。よほどに欲深く、また理性のきかない罪深き者だ。商売上、そういう輩はいやというほど見ている。利己的で、我が儘で、勝手で……。私はどうにもそういった手合いが嫌いなものでね』

水面に映った自分の影には、白髪の老婆となった美与の姿が重なっていた。

「俺は……」

胸の奥で、福治が軽蔑の眼差しを浮かべている。

心臓が妙な音を立てた。

なんということだ。俺は、福治殿が嫌う種類の人間になってしまったのだ。

胃が重苦しい。もう二度とあの庵に足を踏み入れることが許されなくなったような気がした。

そしていつの間にか、罪の意識から、福治の家へ向かう足が遠のいていた。

*

それからほどなくして、とある噂が立つようになった。

桂川《かつらかわ》の橋のもとで、死別・離別した愛しい者と出会えるらしい。そして誘惑に負けて近寄れば、精気を吸い尽くされ、木乃伊《みいら》となって死ぬという。

友近《ともちか》がぶるぶると肩を摩った。どうやらこの手の話は苦手らしい。

「肝試しに行った上級貴族連中の御子息たちが、かぴかぴになって発見されたらしいぞ。俺たちは、近づかないでおこうぜ」

念押しする友近に、尚成は曖昧に笑って返す。

本日最後の大内裏の見回りだ。今日はこれで仕事が終わる。晩秋、日が暮れるのが早くなった。昼を過ぎてそんなに経っていないのに、もう日が暮れ始め、空にはうっすらと白い月が浮いている。

「別れた愛しい者に会える、か……」

呟く尚成に、友近はしまったという顔をした。

「なあ。本当にさ、絶対に行くなよ、尚成。鶴姫だってさ、きっともう成仏して、浄土にいるんだぜ」

「大丈夫だ。行かないよ」

鶴姫のことが脳裏をよぎらなかったと言えば、嘘になる。

——誘惑に負けて近寄れば、精気を吸い尽くされ、木乃伊となって死ぬという。どこかで聞いたような話だ。その上、胸騒ぎがする。

不意に、美与の姿が浮かんだ。

黒々と美しかった髪が白髪に変わり、瑞々しい肌は乾いて粉をふき、土色の肌をして、枯れ枝のような腕で銅鏡を胸に抱きしめている。

いや、まさか。尚成は首を横に振った。

福治は、銅鏡を覗きこまなければ悪さはできないと言っていた。そもそもあの鏡は見る者の欲望を幻想として映し出すかわりに、精気を吸い取るものだ。今度の話とは、少し場合が違うはずだ。なのに、妙に結びつくのはなぜだろう。

精気を吸い取られ、木乃伊になる——。

(もしや、俺があの銅鏡を割ってしまったことと関わりがあるのか)

ならば、責任は俺にあるのではないか。そう思うと、居てもたってもいられない。確かめる必要がある。尚成は退庁後、着の身着のままで桂川に向かった。

噂によると、その怪異が現れるのは、真夜中のことらしい。尚成は橋の手前、柳の木の下に座って、時が来るのを待った。

やがて人通りが途絶え、夜が深まり、草木も眠りについたであろうころ、腰を上げた。

弓箭《きゅうせん》と刀は携えている。小刀も、懐に忍ばせてある。怪異に遭遇したとして、まず勝つことは難しくとも、逃げおおせるくらいのことはできよう。

尚成は件の橋へと向かった。

桂川は嵐山の側を流れる川である。嵐山は兼久との出会いの地であり、別れの場所でもあった。

一歩一歩踏みしめるように橋を進み、ちょうど半ばまで来た時、白い霧が出た。生暖かく、濃い霧だ。視界を白く覆い、周囲を覆い尽くしていく。

「怪異のお出ましか」

この濃霧では、弓矢はあてにならない。尚成は剣を引き抜いた。

衣擦れの音が、橋の向こうから聞こえてくる。

長く重たい布を引きずるような音だ。白い闇の向こうに、人影が見える。ゆっくりとこちらにやってくる。少しずつ、少しずつ、その容貌が明らかになっていく。

来るなら来い。相手になってやる。尚成は口を結び、怪異を睨んだ。

だが、それが近づくたび、尚成の剣を持つ手が下がっていく。釣り上げた目じりが、下がっていく。噛み締めていた唇が、緩んでいく。

それは、敵意を向けるにはあまりにも儚く、愛しい形をしていた。

肩に流れる黒髪。額の丸い殿上眉。猫のように大きく、利発そうな目元。かつて、尚成と将来を約束した女《ひと》。

「……鶴姫？」

尚成の言葉に、鶴姫はにっこりと微笑んだ。

なぜ彼女がここに。

戸惑う尚成に、鶴姫はなお笑顔で歩み寄る。

肌の質感も、頬の肉の付き具合も、首の細さも、重たい衣擦れの音も、なにもかも、生きていたころの鶴姫と何ら変わりない。

「鶴姫、本当に貴女《あなた》なのか!?」

剣の切っ先を突き付ける。しかし鶴姫はたじろぐことも、恐れることもなく、ただ真っ直ぐ尚成を見つめている。

これは、怪異の見せる幻なのか。それにしては、生々しすぎる。彼女の小さな鼻腔から、息をしている気配さえ感じられる。

あるいは、物の怪が化けたものなのか。

「尚成、会いたかった」

一言、鶴姫が零す。

その瞬間、剣が指から滑り落ちた。力が抜けて、地面に膝を突く。

「鶴姫……」

すまない。本当にすまない。袴《はかま》を拳で握りしめ、何度も何度も、詫びた。

この鶴姫が、本物であるかどうかなど、もはやどうでも良かった。

彼女と同じ姿をしたものが、ここにいる。

尚成は、胸にこみ上げる懺悔《ざんげ》の言葉をひたすら吐いた。それは、尚成の胸の内に堆積し、凝り固まった罪悪の滓《おり》であった。

「俺のせいだ。貴女は俺のせいで死んでしまった。すまない。本当に、すまない」

何も考えられなかった。ただ、胸の中につっかえていた言葉だけが口をついて出る。

俺のせいで死なせてしまった。守れなかった。幸せにしたかった。大好きだった。あなたと子を持って、一緒に生きていきたかった。

「尚成、もういい」

鶴姫も腰を折って、尚成の握りしめた拳に手を添えた。

「もう、いいの」

鶴姫が、その腕を尚成の背に回した。胸の中に添うように収まり、頬をつけて目を閉じている。

涙が滂沱《ぼうだ》として、喉が燃えた。

俺にこの人を抱きしめる資格などあるのか。

そう思って堪えようとしていたのに、腕はすでに鶴姫の体を抱きしめていた。強く強く腕《かいな》に抱いて、彼女の額に鼻先を押し付け、頬ずりをした。

幸福だった。胸に空いてしまった鶴姫という形の穴を、鶴姫という姿で満たしている。愛する人を、この腕に抱き、感じている。

たとえそれがまやかしであると分かっていても、尚成は抗うことができなかった。

彼女の香りがしない。温もりがない。まるで尚成の頭の中から取り出したように、鶴姫そっくりに誂えられた人形。

「尚成、一緒に行こう」

これは偽物だと、まやかしだと分かっているのに、拒むことができない。

その時、何者かに後ろから襟を摑まれ、引き倒された。

――いったい、なにが起こったのだ。

鶴姫から注意が逸れる。再び彼女に目を向けた時、尚成は息を吞んだ。

異形の怪物がいる。

赤褐色の肌、木の枝のように細い手足、異様に長い指は刃物のように鋭く、小さな目玉が左右に二つずつ、四つの眼がついている。顎から二つの牙が伸び、蜘蛛《くも》や蟻《あり》のような顔をしている。白い髪を腰まで伸ばし、尚成を感情のない、冷たい目で見下ろしていた。

尚成の手や首に、蜘蛛の糸のようなものが薄く巻き付いている。異形の者の口吻《こうふん》から吐き出されているようだ。

鶴姫に化けていたのは、この異形の者か。

尚成は猫のように素早く身を起こし、弓矢を番えた。先手必勝とばかりに、矢を射かける。狙いは確実で、鏃《やじり》は異形の胸部をまっすぐ貫いた。

「なに!?」

しかし、鏃は異形をすり抜け、橋の手すりに突き立った。

実体がないのか。

尚成は異形の者から視線を外さず、第二の矢に指をかける。弦に番え、再び構えたところで、異形の者の姿が霞み始めた。ゆっくりと、霧も退いてゆく。

逃げるつもりだ。そうはさせるかと、矢を放つ。だが、やはり虚しく宙を飛んで橋に突き立った。

尚成の手や首に巻き付いていた糸も、空気に溶けるように消えていく。あとに残ったのは、尚成の落とした剣と橋に突き刺さった二本の矢だけ。

「……魔棲鏡」

おそらくあれが、魔棲鏡に棲む『魔』の正体であろう。何らかのきっかけで、鏡の中から抜け出してきたか。

心当たりはある。あの鏡に入った亀裂だ。そこから、現世へと抜け出してきたのだろう。

「福治殿に告白しなければ」

この足で福治の庵に向かうと、到着は夜明けとなる。非常識な時間の訪問に加え、あれだけ非難していた美与と同じ行為を働いたのだ。きっと、完膚なきまでに罵倒《ばとう》され、蔑《さげす》まれるだろう。

だが、俺はそれだけのことをした。魔棲鏡の誘惑に負け、人の寝室からそれを持ち出そうとしたのだ。

尚成は覚悟を決めて、福治のもとに向かった。

早朝の訪問となったが、福治は尚成を責めることも非難することもなく、すんなりと奥の寝室にあげた。寝ぼけ眼を擦ったみむろが福治の隣の部屋から顔を出し、「ゆっくりしていけ」と言ってまた帰っていく。

尚成が正直にことの顚末を白状すると、福治は表情を少しも崩すことなく、静かな面持ちで「そうか」と返した。

「おそらく、おまえの考え通りだ。鏡の一部が壊れたことで封印が綻び、漏れ出ているのだろう」

そう言って、棚の下段の引き出しを開ける。そこには、紫色の巾着に包まれた銅鏡が入っていた。

「私はこれを、桐の箱に収めて封を施し、書庫に保管していたのだがな。いつの間にか、こんなところに移動している」

福治は苦みと嘲りを含んだ笑みを浮かべた。

「それで、おまえの想う者とは、会えたか」

福治の問いに、尚成は否定することも肯定することもできなかった。

確かにあれは鶴姫の姿をしていたが、まがい物だ。しかし、姿かたちは紛う方なく鶴姫であった。

「まがい物だった。しかし」

視線を落とす。

「しかし間違いなく、鶴姫の姿かたちをしていた」

頭の天辺からつま先まで、声や仕草や首筋の黒子まで、鶴姫そのものであった。

「良かったな」

福治が呟く。そしてじっと尚成を見た。真摯でまっすぐなその眼差しは、尚成を通り越して、別の何かを見つめているようだ。

「……本当に、おまえは写し絵のようだな」

「福治殿……?」

発言の意図を汲めずに訝しむ尚成に、彼は自嘲に似た笑みを浮かべた。

「その件については分かった。おまえはもう、屋敷に帰れ」

「あ、ああ……」

「気を付けて帰れよ」

——そんなこと、初めて言われた。

いつもならもっと邪険に扱っているはずだ。なのに、今日の福治はどこかおかしい。この毒舌家が気遣いの言葉を吐くなど、ありえない。尚成は妙に、落ち着かない気持ちになった。

「だ、大丈夫か？」

何が大丈夫なのか分からないが、そうとしか聞けなかった。

福治は片眉を軽く吊り上げ、

「当たり前だ」

と、小ばかにしたような口調で答える。

「なら、いいのだが……」

いつもと様子が違う気がする。

しかし迷惑をかけた手前、そう指摘するのも気が引けて、尚成はそのまま福治の庵を後にした。

山道を歩きながら、尚成はふと立ち止まった。

橋で、俺の後ろ身頃《みごろ》を摑んだものは、何であったのだろう。

あれのおかげで何とか危機を脱することができたのだ。

尚成は摑まれた感覚の残る項に触れ、後ろを振り返る。

そこには何もなく、ただ深い闇だけが辺りを覆っていた。

その数日後、福治が姿を消した。

＊

霜月《しもつき》の初め。月が空に昇り始めたころ、みむろが尚成のもとを訪れ、発覚した。

「もう三日、帰ってこないのだ」

三日前、ふと思い立ったように「出かけてくる」と言ったきり、戻ってこないという。

「帰ってこない時は帰ってこないと言い置いて出かけるのが常であったのに、どうしたことかなぁ」

みむろは腕を組んで唸り、首を傾げた。

「もしかしたら、なにか事件に巻き込まれているのか」

「福治殿が？」

彼の場合、人を巻き込むことはあっても、巻き込まれることはなさそうに思えるが。

意外そうな尚成に、みむろはきょとんとした顔で「そうか？」と零した。

「世に例外はないからな」

十ばかりの子どもが、諭すでも、叱るでもなく、さらりと言う。それがおかしく、どこか真実味を帯びていた。

「そうだな……」

福治殿だから大丈夫だ。

そういう気持ちがあったことは、否定できない。

しかし、みむろの言う通りだ。世に例外はない。福治も、眠れば食べ、怪我をすれば血を流す。福治だから絶対に大丈夫ということはないのだ。

「それと、これが寝室に落ちていたのだが、心当たりはあるか？」

そう言ってみむろが、懐から紫色の布を取り出す。それを見て、心が凍った。あの魔棲鏡を収めていた巾着だった。

「……行こう」

「行く？」

「桂川の橋。そこに、なにか手がかりがあるかもしれない」

もし、魔棲鏡が関わっているのなら、おそらくことは一刻を争う。尚成は寝間着の上に袍《ほう》を着て、弓矢と刀を持ち、冠も被らないまま屋敷を飛び出した。

大路を走る。冷たい夜の空気が、肺に痛い。白い息が上がっては、流れる風にかき消えた。

「このまま徒歩《かち》で行く気か？」

「ああ。このまま走って向かえば、夜明け前には着く！」

「なんと遅い」

みむろが小さな足で、尚成の前に躍り出た。背中越しに振り返り、勢いをつけて空へ飛んだ。くるりと、宙を一回転する。その一瞬、人の姿が崩れた。

白い毛に覆われた四肢。九本の尾に、長く突き出た口吻。

「狐……」

それもただの狐ではない。九尾を持つ、牛ほどの大きさの巨大な狐だ。

みむろが速度を落とし、尚成の傍らに身を寄せた。なめらかな毛艶、美しく曲線を描く背から尾の流れ、そして皮膚の上からでも分かる、逞しくしなやかな筋肉の躍動。

「特別に乗せてやろう！」

みむろが大きな口で笑う。尚成は固唾をのみ込むと、その美しい曲線の上に飛び乗った。

まるで風になったようだ。街が線のように流れ、息を十回吐く前に、尚成は桂川の橋の前にいた。

「速いだろう」

どうだと言わんばかりに、みむろが胸を張る。尚成が顎の下を撫でてやると、気持ちよさそうに目を細めて耳を伏せた。

「それで、ここに何がある？」

「正直、分からん。だが、福治殿が魔棲鏡を持っているのなら、ここにも何かがあるはずなのだ」

ここで起こる怪異は、魔棲鏡から漏れ出たものだ。本体である銅鏡と、何かしらの繋がりはある。

また、あの異形に出会うのかと思うと、正直な所足が竦む思いだ。しかし、ここに立っていても何も進まない。尚成は深く息を吸って丹田《たんでん》に力を込めた。

「何かあったら、助けてくれよ」

尚成が自信なく笑うと、みむろは「任せろ」と不敵に笑って見せた。

橋に足を踏み入れる。濃い霧が、どこからともなく漂い始めた。今度は、なにに化けて出るつもりやら。

「この霧、異界へ繋がっているな」

みむろが零す。

重い着物を引きずる音が橋の向こうから聞こえてきた。白い闇の彼方から、鶴姫が進み出てくる。

「尚成」

鶴姫が微笑んだ。

「……また、貴女か」

泣きたい気持ちになる。

今もまだ愛おしい、妻となるべき人。それをまざまざ、目の前に突き付けられている。

「騙されるなよ。あれは人間ではないぞ」

「ああ、分かっている」

あれは、俺の愛した人の影だ。

鏡は、人から精気を吸いあげる。あの異形は、蜘蛛の糸のような物を吐く。おそらくそれで、精気を奪っているのだ。つまり、鏡と直接繋がりがあるとすれば、それは糸。福治が魔棲鏡を持ち出しているのなら、その糸をたどれば、福治のもとに繋がるはずだ。

尚成は腹を決めて、鶴姫の前に進み出た。

「おい、タカナリ！」

「みむろ、糸だ。糸を摑め」

頼んだぞと残して、白い闇に身を任せる。

「尚成。久しいわね」

鶴姫が目を細めて笑った。

胸が打ち震える。目に焼きつけるように、強く強くその笑顔を見つめた。

「本当に、俺の内にある鶴姫のままだな」

尚成は腕を伸ばし、虚像の鶴姫を固く抱きしめる。重たく、分厚い十二単に包まれた細い体。生きた体温《ぬくもり》の感じられない体。まがい物だと分かっていても、胸がいっぱいになった。

「……生きた貴女を、胸に抱きたかった」

そう願わずにはいられない。二度と叶わない夢を見ている。鶴姫と同じ姿の幻を腕に抱いている。

ここで、このまま息ついえたら、きっとそれもまた幸福な死といえるのだろう。

形の良い額に、額を押し付ける。睫毛の先と先が触れ合う。

うふふと、鶴姫が可愛らしく喉を鳴らして笑った。

「こんなに嬉しいことはないのね」

鶴姫が呟く。

「ようやく、あなたの胸に抱かれた」

鶴姫の腕が尚成の背中に回った。姫はつま先立ちになって、尚成の唇に唇を押し付ける。

冷たい唇だが、その時、鶴姫の香りを感じた。

――におい？

尚成は目を見開く。

以前はにおいなど感じなかったのに。

首を傾げて、鶴姫は勝気な笑みを尚成に見せた。それはあの強気で勝気で愛らしい、彼女の笑顔だった。

「良いことを教えてあげる。あの口の悪い呪術師は生きているわ」

尚成が愛しいと思った、あのきらきらした瞳で、鶴姫は尚成を見ていた。

「あなたは本当の鶴姫なのか……？」

「あら。せっかく教えてあげたのに、わたしのことを疑うの？」

拗ねたように、鶴姫が唇を尖らせる。

本物だ。本物の鶴姫が、ここにいる。

「姫……。鶴姫……！」

尚成は鶴姫の体を掻き抱いた。

「鶴姫。あなたはどこにいるんだ。どこを捜しても、あなたはいない。どこへ行けば、こうやって姿を見て、言葉を交わすことができる？」

胸が苦しい。涙が込み上げてくる。

もうどこにも行かないで欲しい。離れたくない。

「馬鹿ねぇ。いると思えば、わたしはどこにでもいるわ」

大の男が、情けないわよ。

そう言って、鶴姫は冷たい指先で尚成の頬を拭った。

「今生の別れなんて、一瞬だわ。また、後の世で会いましょう」

お歯黒でない、白い歯を見せて、鶴姫の腕が尚成を突き放した。姫の姿はまたたく間に白い闇の彼方に呑まれ、消えていく。

「鶴姫！」

尚成が叫ぶ。必死に跡を追って走った。ただただ、前だけ目指して橋を駆け抜ける。板を踏む感触が、少し変わった。かしゅ、と、軽やかな音。

足元に目を落とすと、紅葉を踏んでいた。霧がかかって見えにくいが、どこかの山らしい。紅葉や楓の木が、山を焔の色に染めている。

念のため、剣を鞘から引き抜く。白い闇の中から、衣擦れの音がした。

今度は背後だ。剣を身に構えて、振り向く。

朱色の着物を着た女が、楓の木の下からじっと尚成を見つめている。豊かな黒髪を肩に垂らし、くっきりした山形の眉。大きな目は気丈な印象で、男勝りな性格を思わせた。

ついてこいと言わんばかりに、女は尚成に視線を送りながら歩き出す。

これは罠だろうか。

しかし、女の目に敵意の色はなく、尚成自身もその女に恐怖や嫌悪の情は湧かず、女を、どこかで見たような気さえする。

それでも念のため距離を取り、剣を構えつつ、女の後に続いた。

枯葉を踏む音が、妙に心地よい。次第に霧が薄れはじめ、周囲の景色が徐々に鮮やかにその輪郭を現し始めていた。

見覚えがある。

ここは、福治の庵の裏にある沢だ。初めて福治のもとを訪れた時、彼はここで絵を描いていた。

一本の、紅葉した楓の木の下で、女は足を止めた。尚成も、足を止める。女はゆっくり振り向いて、静かに、微かに、笑《え》んだ。そのまま、霧と共に薄く姿を消していく。

一陣、風が吹いた。

すでに視界は良好で、夜空には月が浮かんでいる。すっかり霧は晴れて、ここは現実にあるあの庵の側の沢だと分かった。

尚成は恐る恐る、楓の木の下に足を運んだ。

そこで、尚成は見つけた。

「福治殿……」

彼は木の根の叉を枕に、身を横たえている。そっと顔の上に掌をかざすと、温かい吐息が触れた。死んではいない。眠っているようだ。

尚成は、心底安堵の息を吐く。

福治はいつもの服装で横たわっていたが、その腕の中には魔棲鏡と、巻いた紙が一枚抱かれていた。

割らないようにそっと腕から魔棲鏡を取り出し、鏡面を見ないよう細心の注意を払いながら袍の袖を裂いて包む。福治の腕から、巻いた紙がころりと落ちた。慌てて拾い上げる。紐で留めず、巻いただけであるそれは尚成の前に紙面を露わにした。

「これは……」

絵画であった。

描かれているのは、先ほど尚成を導いたあの女である。

福治の妻か、恋人か。到底似てはいないから、姉妹や娘ということはないだろう。

「福治殿にも、会いたい人がいたのだなぁ」

尚成は絵画と福治を見比べて、胸が詰まった。

絵画を巻いて矢筒に収める。銅鏡は落とさないよう厳重に包み、石帯に吊り下げた。福治は、揺すっても叩いても起きないので背中に負う。

長身であるが、案外軽く、骨ばっている。体の節々の骨が当たって痛い。細いだけで、骨格はかなりしっかりしているらしい。

福治を、彼の庵に運び込む。

以前通された寝室に向かい、夜具を敷いて、横たわらせた。ひどく肌が冷えている。三日間も、あんな場所にいたのだから仕方がない。火を熾し、火鉢を側に置いて、部屋を閉め切った。部屋が暖まるまで、まだ時間がかかる。土間に併設されている厨に向かい、竈《かまど》に火を熾した。その側に蹲《うずくま》り、白い息を吐いて体を摩る。

いったい何がどうなっているのだろう。嵐山の桂川にかかった橋から、福治の庵のある山に出て、そこで福治を見つけたのだが、前回とずいぶん様子が違っている。

橋の上で出会った鶴姫。

彼女は、今度こそ本物の姫であったのだろうか。

いや、確かに、あの笑い方も、高飛車なもの言いも、瞳の輝きも、彼女そのものだった。

それに、福治のもとに導いてくれたあの女人。

あの着物を、確かにどこかで見たことがある。

（そうだ。あれはたしか——）

その時、木戸が勢いよく開く音がして、尚成は我に返った。顔を上げると、落ち葉をあちこちくっつけたみむろがいる。

「捜したぞ!!」

みむろは人の姿に戻っており、頬を膨らまして尚成を睨む姿は、愛らしい童のそれだった。

「濡れているな」

「タカナリが橋から落ちたのかと思って、川を捜していたのだ」

そう聞くと、かわいそうやら申し訳ないやら、なんとも悪いことをしたなという気持ちになる。彼女を火の側に座らせ、濡れた髪を拭いてやった。

「福治殿を見つけた」

「なに!?」

みむろが勢いよく振り向く。

「しかし、眠り続けている。魔棲鏡と、女の絵を抱いて、沢にある楓の木の下にいた」

「その絵の女は、朱色の着物を着ていたか？」

「ああ」

「……そうか」

息を吐き、哀れみを込めた目で、みむろは竈に揺れる炎を見つめる。

「もう温まった」

言って、みむろは立ち上がり、福治の寝室に向かった。尚成も後ろに続く。

もやっとした、暖かい空気が肌に触れる。部屋は火鉢で暖まっている。みむろは福治の枕元にしゃがんで、彼の顔をじっと覗きこむ。

「やはり、魔棲鏡に精気を吸われているのか？」

尚成が石帯に括り付けていた包みを外し、みむろに差し出す。みむろは目を瞑って集中し、首を横に振った。

「精気どころか、こやつ、この鏡の中に魂を取られている」

精気ではなく、魂そのものを吸われているというのか。そんなことが、果たしてあるのか。

「このまま魂が肉体を離れ続けると、福治は死ぬ」

どきりとした。福治も、やはり死ぬのか。

「みむろ。福治殿は、いったい何者なのだ？」

「人間だよ。ただし、はるか大昔に長寿の実を食ってしまったな」

「長寿の実？」

「唐という国は知っているだろう。こいつは元々、その国の人間なのだ。まあ、今からざっと千年ほど前——秦と呼ばれていたころのな」

「まさか！」

それほど長く生きる人間が存在するはずがない。千年などと、それはもはや不老不死に近い領域だ。

秦に不老不死という言葉が繋がって、気付いた。秦の初代皇帝は、不老不死の妙薬を求め、使者を送って探させていたと。

その使者の名を、徐福《じょふく》。彼は秦の始皇帝《しこうてい》の命令を受け、東海中の三神山《さんしんざん》——蓬萊《ほうらい》山《さん》、方丈山《ほうじようざん》、瀛洲山《えいしゆうざん》に不死の薬を探し求めた。しかし三神山は見つけられず、日本にたどり着いたという。

「しかし、それは伝説やおとぎ話の類では……」

「信じるも信じないもタカナリの自由だ。ただ、己《おれ》は、おまえに聞かれたから答えた」

みむろは九尾の狐だ。兼久《かねひさ》は蛟《みずち》で、金華猫《きんかびよう》の姿も見た。それらは認めて、不老不死の実を齧《かじ》った人間を認めないというのは道理に合わない。そもそも、今この場で、みむろが尚成を欺くことに意味がない。尚成はみむろに非礼を詫びた。

「不老不死であれば、死ぬことはないのでは……」

「己は以前、例外はないと言った。生きているものは必ず死ぬ。福治は、長寿の実によって老いが緩やかになり、命が長くなっているだけだ。刺されたり、病気になったり、こうして命を吸われても死ぬぞ」

絶対のものはないと、突き付けられているようだ。

「どうしたら、福治殿の魂を取り戻せるだろう……」

「難しい問いだな。おそらく、普通の人間がこの鏡を覗いても、取り込まれるだけで、魂まではとられないと思うんだ」

封印が施されているとはいえ、これ自体に、そこまで強力な力はない。覗きこませることで、憑りつき、精気を得ている。精気ではなく、直接魂を取り込むなどというのは、相当の力業だという。

『それで、おまえの想う者とは、会えたか』

福治の問いが、頭に浮かんだ。俺はそれに、何と答えたか。

──まがい物だった。しかし間違いなく、鶴姫の姿かたちをしていた。

その言葉に福治は小さく、しかし確かに呟いた。

『良かったな』

「もしかして、福治殿は自らの意思で鏡の中に魂を送ったのでは？」

言って、矢筒から筒状に丸めた画を取り出し、開く。みむろが、それを見て顔をゆがめた。

「桐子《とうこ》の絵だ」

「桐子……？」

「福治が愛した女だ」

心臓をわし掴みにされた気がした。

まさかそんな言葉が、みむろの口から出ようとは。

「……では、きっと、福治殿は鏡の中でその女人と会うつもりなのだろう」

愛しい人。見るだけでは物足りず、触れたい、抱きしめたい、言葉を交わしたいと願うこと。

「しかし、まやかしだ……」

あの鏡にはまやかしを見せる異形──魔物が棲み着き、想われる者の姿を借りて鏡の持ち主を誘い込む。

今夜、異界に通じているという濃霧の中で出会った鶴姫は、本物であった。あの、異形が化けた人形のような鶴姫などではなかった。彼女は教えてくれたのだ。

『あの口の悪い呪術師は生きているわ』

まだ、福治は生きている。間にあうと。

『また、後の世で会いましょう』

『今』ではなく、『また』と言った。

彼女はまだ、尚成と再会する気はないらしい。だから、尚成を突き放した。

そして、福治のもとに尚成を導いた、この絵の女。彼女も、きっとまだ福治に会う気はないはずだ。だから、尚成を福治のもとに導いたのだ。

「俺が、鏡の中に入って福治殿を呼び戻す」

「とは言っても、どうする気だ。おまえ、幽体離脱できるのか」

「幽体離脱……？」

「霊魂を肉体から離脱させることだ。いわば、今の福治の状態なのだが」

そんなこと、術者でもなければ方士《ほうし》でもなんでもない尚成にできるはずがない。

「できないだろう。かといって、生身で鏡を覗きこめば詰みの一手だ」

「しかし、絶対に何か手はあるはずだ」

鏡の中に入るには、己が物質という姿を捨てなければならない。

厨で、がたんと音がした。

積んでいる薪の崩れた音だ。尚成は腰をあげ、崩れた薪を拾って戻した。その時、水甕《みずかめ》の水面に、窓から差し込む月影が映っていることに気が付いた。

そういえば、かつて、兼久と月見酒を飲んだことがある。

その日、兼久は酔っていたのか、いつもより上機嫌に杯を進めていた。なみなみと注いだ酒を尚成に差し出して、水面を覗いてみろと言う。尚成が言われるがまま杯を覗きこむと、丸く大きな月が浮かんでいた。それを呷って、赤い頬で、

「月を飲んだ」

と、静かに笑う。

——ああ、同じだ。

尚成は雷に打たれた。鏡も月も同じだ。映せばよいのだ。鏡面より、もっと大きな入り口となるものへ。

「みむろ、分かったぞ」

尚成は銅鏡を持ち、みむろの手を引いて外に飛び出した。

「この山に、池や泉や滝壺はあるか？」

「小さな池ならあったぞ」

「そこに連れていってくれ」

みむろに頼み、その背に乗って目的の場所に連れていってもらう。

そこは小さな池であった。

近くの木を使って炬火を起こし、みむろに銅鏡と炎を持たせる。

「これで池の水面を映してくれ」

「なるほど」

みむろが心得たとばかり、頷いた。

「合わせ鏡にして、この池に鏡面を映すつもりだな」

「ああ。鏡面には霊魂にならぬと入れないが、鏡面を映した池の中なら、生身でも入れよう」

尚成が得意顔を作ると、みむろもつられて笑った。

「これを預けておこう」

みむろはいったん炬火を置き、首から下げた小袋を差し出した。中には、李《すもも》の実のような果実が入っている。

「これは……」

「これは、かつて福治が仙境より持ち帰りし長寿の実」

尚成の喉が鳴る。これが、不老不死の果実。秦の始皇帝が探し求めた、妙薬。

「この鏡は、人の精気を吸い取る。なにかあったら、食え」

みむろが拳を突き出した。

「武運を」

「ありがとう」

尚成は首からその小袋を下げ、袍の下に大事にしまい込んだ。

炬火に照らされ、池の暗い水面がわずかに揺れた。みむろが銅鏡を掲げ、尚成が池に飛び込む。

駄目でもともとだ。深く、深く、尚成はひたすら下に潜り続けた。

不思議なことに、下に向かって潜っていたはずが、何がどうなっているのか、水面の表面が目の前に現れた。

水面から顔を出して、息を吸い込み、陸に向かって泳ぐ。岸に着くと、濡れて重たい体をなんとか引き上げた。

「ここは……鏡の中か……」

尚成は、濡れた前髪を掻き上げた。

池は美しい翡翠《ひすい》色をして、白や藍色、薄紅色や黄色い蓮の花が水面を彩っている。薄桃色の空には虹がかかり、雲からは七色の光が差し込んでいた。足元には、羊歯《しだ》によく似た葉や、つゆ草、蘇鉄《そてつ》や、木蓮、色鮮やかな、朝顔によく似た植物などが生い茂っている。

まさに極楽浄土という言葉がふさわしい。

尚成は、側に咲いている縹《はなだ》色の花弁を撫でた。奇妙な感触だった。つるつるとして、どこか作り物めいている。この花だけではない。ここに広がっている景色は、微かな不自然さを漂わせていた。

「福治殿を捜さねば」

濡れて重くなった袖を絞り、袴を絞り、最後に髪を絞る。

桜に百合。竜胆《りんどう》に木蓮。金木犀《きんもくせい》に桃。梅の花に紫陽花《あじさい》。菊に蘭。滝つぼには桃色の鷺《さぎ》がいて、蔦には鮮やかな瑠璃《るり》色の蝶が留まり、杉の木には赤色の背に黄色の胸毛の大きな鳥が身を休めている。

その世界に覚えた違和感の正体を、尚成は分かった気がした。ここはまったく出鱈目なのだ。

歩いているうちに森を抜け、緩やかな丘の野原に出た。天に向かって切り立った岩山。翡翠色の水辺に白い象。麒麟《きりん》と呼ばれる瑞祥《ずいしょう》が、菩提樹《ぼだいじゅ》の下で憩っていた。

「悪趣味だな」

ここは極楽浄土を模して造られた、仮初の楽園のようだ。

「尚成」

鶴姫が、舟に乗って手を振っている。その顔には笑みが張り付き、楽しそうに振る舞ってはいるが、感情をどこかに落としてきたような虚ろさがある。

おそらく、あの鶴姫は、この鏡に棲み着く魔物が変化したものだろう。ということは、今宵あの濃霧の中で出会った鶴姫こそ、真の鶴姫の霊魂であったのだ。尚成はその鶴姫を無視して、先を急いだ。

「尚成」

翡翠色の河にかかった、金色の橋を渡ったところで、また呼ばれる。

今度は兼久だ。静かで涼しげで、落ち着いた面持ちの美丈夫が、尚成に向かって微笑みを投げながら手招きしている。その口元はにっこりと笑み、目元がとろけそうに細まっていた。尚成は思わず苦笑いした。残念ながら、兼久はこんなに愛嬌のある顔で笑わない。

なるほど、この鏡は人の心を捉えて夢中にさせようとしてくるが、それはその状態でなければ精気を奪えないからなのかもしれない。尚成の素っ気ない対応に、あの手この手で誘惑を仕掛けてくるが、無視をすればあっけなく引き、また新たな手を繰り出してくる。

鶴姫の次は兼久。父母に、大叔母である梗子。友近。みむろ。尚成がなびかないと悟るや否や、今度は金銀財宝に美女、駿馬《しゅんめ》、美味珍味。

残念ながら、尚成が本当に会いたい者は、欲しいものは、ここにはない。魔棲鏡では、叶うことはない。

紅葉した楓の木の下に、朱色の着物を着た女が立っている。

尚成は、立ち止まった。女はじっと尚成に視線を送っている。なんとももの言いたげな目だ。尚成は彼女のもとに足を向け、正面から顔と顔を合わせる。女の、凜とした面持ち。長い髪が風に揺れ、襟元の桐の花模様が露わになった。

やはり見覚えがある。家の倉庫の、黒漆塗りの長持に入っていた着物だ。たしか、あれは祖母のものだと母が言っていた。自分の顔には似合わなくて、数回着ただけだと。

だとすれば、やはりこの女《ひと》は、俺の……。

「その色がよくお似合いです、お祖母さま」

尚成の言葉に、女はわずかに顔を綻ばせた。その笑った顔が、梗子にどこか似ている。

母より若い姿の祖母を前に、尚成は少し複雑な気持ちになった。彼女の時は、ここで止まったまま、もう動かないのだ。

「お祖母さまは、福治殿を死なせたくないのですね」

彼女は小さく頷いた。

「俺も、福治殿にはまだ死んでほしくありません。彼には恩があるんです。だからお祖母さま、どうか俺にお力添えをお願いします」

尚成が深々頭を下げると、女の手が、そっと尚成の頬に添えられた。促されるまま顔を上げる。彼女は、口元に強気な笑みを浮かべて力強く頷いて見せた。

『あの人を、頼みましたよ』

そう、確かに胸に聞こえた。

女がその場を立ち退く。その向こう側に、秋の野山が広がっている。小川が流れ、紅葉で山が燃えたち、足元は黄色と朱色の錦で飾られ、鹿の声が遠く彼方に響く。

ここは、福治の家の裏にある沢だ。

彼はまたあそこにいるかもしれない。尚成は走った。福治が横たわっていた楓の木を見つける。その木の下に、あの後ろ姿があった。

「福治殿！」

声を大にして叫ぶ。

福治はのろのろと顔を上げ、振り向いた。側には、朱色の着物を着た女が、空っぽの微笑みを浮かべて寄り添っている。鶴姫や兼久と同じ、物の怪が化けたまがい物の姿だ。しかし福治は、尚成の姿を見るや否や目を背けた。

　まるで、拒絶しているようだ。

「福治殿、帰ろう。みむろが待っている」

　その拒絶を乗り越えて、尚成はそっと、福治の背中に語り掛ける。

「なんの術の心得もないおまえが、ここまで来たことは褒めてやる」

　だが、と、福治は振り返らないまま続けた。彼の手は、傍らに立つ女の手に添えられている。女の手を大切な宝のように両手で包み、その指先に頬ずりをした。

「私はここにいる。現世には帰らない」

「死んでしまうぞ」

「構わん。願ったりかなったりだ」

　福治はそう言って、じっと女の顔を見つめた。女は相変わらず、にっこりと柔らかな笑みを浮かべて福治を見ているが、その目の焦点は合っていない。虚ろに宙を眺めているようだ。

　ここで引き下がるわけにはいかない。何としてでも、彼を連れ帰らなければ。

　尚成はぐっと拳を固めた。

「その女《ひと》が、俺をあなたのもとに導いたのだ」

　尚成の言葉に、福治の肩が一瞬揺れた。

「あの女《ひと》は、あなたが生きることを望んでいる」

「――勝手なことを、抜け抜けと」

聞いたことのないほど、低く冷たい声。

尚成は気圧されて、わずかにたじろいだ。

「私は、もう疲れた」

振り返りもしないで、福治は言葉を続ける。

「皇帝の命を受けて三神山に入り、人よりはるかに長い命を手に入れたが、それが何になる」

福治の背中が丸く、小さく見えた。

きっと、彼も永い時の中で様々なものを手に入れ、失くしてきたのだろう。

命には例外なく限りがある。生きる時間が長ければ長いほど、彼が失ったもの、そして見送った命も多かったはずだ。

「福治殿は、死にたいのか」

尚成は単刀直入に問うた。

福治は答えない。沈黙だけが、その肩に重たく降りている。

「違うだろう。あなたは死にたいのではなく、会いたいのではないか」

死ねば、そこにいる人々に出会える。

それは尚成が鶴姫に対して抱いている希望であり、願いでもある。尚成が鶴姫亡き今も、ここにいるのは、家族や友がいるからだ。自分を必要としている人が、自分の仕事が、自分の人生があるからだ。そしていつか人生を終えた時、先に逝った皆が迎え入れてくれるはずだと信じている。

『よくやった』『十分な人生だった』

そう言って、ねぎらいの言葉をかけてくれるはずだと。

だが、福治にはそれがない。家族も友も先立ち、自分の愛した人たちがどこにもいない。かといって、気の遠くなるほどの長寿だ。先に逝った人々とあの世で再会できるなどという甘い幻想を抱くこともできない。

「だが、このままでは、きっと誰も喜んではくれまいよ」

「おまえに何が分かる」

「分かる。俺はその女《ひと》の孫だ」

愛する人に会いたいと願う福治の気持ち。

福治に生きていてほしいと願う祖母の気持ち。

尚成には、そのどちらも分かるつもりだ。

出会ってから今日までのことが、鮮やかに胸に浮かぶ。

辛辣なもの言いながら、危機には必ず手を差し伸べてくれた。幾度も助けられた。

福治にとって尚成は、友でもなければ、必要としている存在でもないかもしれない。しかし、尚成にとって福治は恩人で、短い間ではあるが共に時を過ごした人だ。だから、彼のためにできることは、すべて行う。

尚成は首から下げていた小袋を手繰り寄せ、開いた。手のひらに、長寿の実を載せる。

ふう、と深く息を吐き、吸う。緊張で、手が震えた。

「みむろから、長寿の実を預かってきた。俺はこれを食べる」

尚成の言葉に、福治の背が強張った。

「いったい、なんの真似だ……」

「俺は、お祖母さまに福治殿を頼むと言われた。それに、俺だってあなたに恩がある」

決して、孤独の中に一人にはさせない。同じ苦しみを負うことでしか分かち合えないものがあるのなら、喜んで享受する。

「福治殿。俺は、あなたがいてくれてよかった」

何度も救われておきながら、こんなことしかできない。いつも助けられてばかりの己の無力が、情けなくて悔しい。もう誰も目の前で喪いたくない。何もできないなら、せめてその苦しみに寄り添いたい。

「俺も、同じ苦しみを負う」

「後悔するぞ」

「後悔するかもな。だが、福治殿は独りでなくなる。千年は、茶飲み友達として過ごせるぞ」

ひと息に、手のひらの中の果実を口の中へ放り込んだ。甘酸っぱい、杏のような味がする。果肉はとろりとやわらかで、舌の上でとろけた。種まで噛み砕き、喉を鳴らして咀嚼《そしやく》する。

「なんてことをしたんだ、おまえ」

楓の木を拳で叩きつけ、福治が唸った。

「福治殿、帰ろう。一人が寂しいなら、俺と生きよう」

同じ長寿になった者同士だ。どうせ一人ぼっちになる者同士なら、二人でいる方が寂しくない。

「愛した女《ひと》と同じ顔をした男とか？　お断りだ」

憎まれ口に、尚成は思わず笑ってしまった。

「俺は、生きているお祖母さまと会ったことも話したこともないのだ。どんな人だったか、教えてほしい」

お祖母さまはどんな性格で、何が好きで、何が嫌いで、どんな食べ物が好きだったか。

そして二人がどのように生き、どのような喜びを知り、どのような悲しみを抱えているかを教えてほしい。

どうか、苦しみの中で独りにならないでほしい。

「――まったく、貴様のお人好しは救いようがないな」

福治が間を置いて答える。

「……だがまあ、暇つぶしくらいにはなるか」

肩越しに振り向いたその横顔には、どこか切なげな微笑が浮かんでいた。

その時、福治の傍らに立っていた女の顔に亀裂が走った。ぼろぼろと仮面のように顔が剝がれ、その下から蟻のような顔が覗く。美しく紅葉していた楓の木が灰色に変わり、萎びて砂のように崩れ始めた。

「なんだ……!?」

「餌が逃げようとしているから、怒っているのだろうよ」

「逃げるぞ!」

尚成は福治の腕を無理やりに摑み、引きずるようにして駆けた。

美しく生い茂っていた木や花は姿を崩し、ひどく異様で奇怪な植物となった。蚯蚓《みみず》のような触手がうねり、尚成と福治めがけて襲い掛かる。尚成は剣を振ってそれを断ち切り、足元に蠢《うごめ》いて絡みつく蛭《ひる》のようなものを薙《な》いだ。

「こちらへは、どうやってきた」

「魔棲鏡を池にかざし、合わせ鏡にして飛び込んだ!」

「素人にしては考えたな」

福治はそう言って、高飛車な笑みを浮かべる。

「福治殿、手を放しても良いか!? 片手で剣を振るうのは難しい!」

「おまえが勝手に私の手を摑んでいるだけだろう。放したければ勝手に放せ。まったく、目の前のことに夢中になるところは、桐子そっくりだな」

「悪かったな……」

「私は桐子のそういうところが愚かで愛しかった。おまえは愚かなだけだがな」

そう言って、福治は懐をまさぐった。小瓶を取り出すと、栓を抜き尚成と自分に軽く振りかける。

胸が悪くなるほどの臭気《しゅうき》が鼻を突き、尚成は思わず吐きそうになった。これは、腐敗臭だ。

「小動物の死体を煮溶かしたものだ。精気を吸う化生はこれを嫌がる」

「俺も嫌だが……」

「精気を吸い取られるよりいいだろう。早く案内しろ」

この世界に入り込んだ出入り口を目指して疾走する。触手や蛭たちが、明らかに嫌がって身を引いていく。

「追っ手が来たな」

福治の言葉に肩越しに振り返ると、例のあの異形の化生が木々を飛び伝って後を追ってきている。物凄い速さと機敏さだ。

尚成はいっそう、足を速めた。衛門府で鍛えた足だが、それについてくる福治も、かなりの俊足の持ち主なのだろう。

四季のでたらめな花が咲く森に入る。ここまで来ればもう少し、もう少しだ。

福治の手が、泳げない尚成の腕を摑んだ。二人そろって、池の中に飛び込む。あの異形の魔物も後ろについて手を伸ばしてくる。必死に手足を動かし、下へ、下へ、そして上へと浮上する。

水面に顔が出る。止めていた息を吸う。

「タカナリ、福治！」

みむろが手を伸ばす。二人して池から上がろうとした時、異形の手が尚成の服を摑んだ。そのまま、池の中に引きずり込もうとする。

「この……！」

再び池の中に取り込まれようかというその時、水の中から白い鱗《うろこ》の尾が跳ね上がった。魔物の細い枝のような腕を、尚成の身から叩き落とす。

尚成は目を見開いた。

きらきらと、真珠のように輝くそれは、兼久の尾だ。

しかし、魔物はめげずに尚成に飛びかかろうとする。福治は、懐から何か取り出して魔物めがけて投げつけた。その隙に、岸辺に上がる。みむろが鏡を伏せ、巾着の中に封じる。『道』を失った異形の者が、消える。

あとには、月が池に浮かぶだけであった。

＊

「桐子は、枯れた私の心を潤してくれた」

福治は、体を火鉢の側で温めながらそう零した。

「皇帝に不死の妙薬探しを命じられて三神山に入り、長寿の実を手に入れて下山した時には、すでに国は滅んでいた。家も待つ者もなく、私は独りだった」

「どういうことだ？」

「神山では、時の流れ方が違うのだ」

みむろが熱い茶を出しながら教えてくれた。

「行き場もなく大陸を旅して、絹の道からこの国に入った」

「己と出会ったのも、ちょうどそのころだな」

みむろの言葉に懐かしそうに目を細め、福治は微笑みを浮かべた。

「金華猫と出会ったのは、この国に渡る船でのことだ」

「あいつ、ずいぶん年老いた猫だったのか」

「なに、ざっと三百歳ほどだ」

福治の笑う顔から、毒気が抜けている。柔らかくなったというか、冷淡さが薄くなったのだろう。時折、話し言葉に異国の言葉が交じるようになった。大陸の言葉だろう。もしかしたら今、福治は徐福という男に戻っているのかもしれない。

尚成は熱い茶に口をつけ、回顧する男の横顔を見た。

「最初に出会った時の桐子は、小さく幼かった」

ぽつ、と、言葉を零すように呟いた。

「次に出会った時には、美しい娘になっていた。思わず見惚れた。彼女の絵を描き続けるくらいにな」

「あれは福治殿が描いた絵か？」

「ああ。ずいぶん練習したよ。時間だけは腐るほどあるからな」

その笑みは自嘲的だが、どこか柔らかい。

「桐子は美しい娘だったが、決して気取らず、お節介で、曲がったことが大嫌いで……こんな私に構うなと何度突き放しても、めげなかった」

福治の笑みは過去を愛おしむものだった。だからどんなに嘲っても、そこには確かに幸福な日々への回顧と、慈しみがあった。

「私はいつの間にか、彼女のことを愛していた」

唐突な告白に、どきりとする。

祖母の、触れてはならぬほど大切なものを侵すような気がして、尚成は心の中で小さく詫びた。

「願わくは、私と同じ身の上となって、共に生きてほしいと思ったが、同じ苦しみを与えてしまうかと思うと言えなかった。そしていつしか、彼女は私を避けるようになった。会うことも拒まれ、そのすぐ後に結婚し、出産で命を落としたと聞いた」

それが、福治と祖母の因縁であり、梗子との繋がりであったのか。

尚成は福治と祖母の在りし日を想った。

「今でも考える。もし、あの時、長寿の実を桐子に渡していたら、何か違ったのかと」

今も隣で笑ってくれていただろうか。自分たちを疎外して流れる年月を、変わる景色を、めぐる四季を、ともに生きてくれただろうか。

そこで福治は目を伏せ、口を閉ざした。

たったひとり、時の流れに取り残されながら生きる孤独。それは尚成にとって想像しがたい苦しみである。

「愛した者たちと共に生きられなかったから、せめて同じ姿をした幻を夢見て死にたかったのだな」

「日頃鈍感なくせに、妙なところで聡いやつだな」

「俺の母は……桐子の娘は、名を治子という。たぶん、福治殿から取った名前だろう」

　尚成の言葉に、福治が目を見開く。

「楓の下で眠るあなたを見つけた時も、あの鏡の中であなたを見つけた時も、お祖母さまが俺を導いてくれたのだ。体を喪った今は心だけになって、あなたの側にいるのだろう」

　彼女はきっと、ずっと福治を想っていたのだろう。だから我が子に「治」の文字を授けた。一緒に生きられない代わりに、想いだけでも、残そうとしたのだろう。尚成は、それを不実だと責める気にはなれなかった。

　ただ、祖母がかたく封じた恋心を暴く罪悪感に、胸の中で小さく詫びを入れる。福治はなにも答えず、ただ宙を見つめている。在りし日の、彼女の面影を脳裏に描いているのかもしれない。

「ところで、長寿になった気がしないのだが、俺も福治殿みたいに長生きになったのかな……？」

「そのことだが、その実とやら、どこにあった？」

　福治がみむろに視線を投げる。

「神棚の裏だ。前々からなにか隠しているとは思っていたが、先日見つけてな。万一を考えて、尚成に持たせた」

ふっと、福治が苦みを含んだ笑みを見せる。

「あれは偽物だよ。ただの干した果物だ」

「……は？」

偽物？

開いた口がふさがらない。みむろも、面食らったという顔をしている。

「本物は、誰にも見つからない場所に隠してある」

「な……なんだそれは」

みむろがちょっと顔を赤くして、頬を膨らませた。

「じゃあ、俺は……」

「安心しろ、ただの人間だよ」

福治は尚成の頭を強引に撫でつけた。

「私の苦しみは、私だけのものだ。誰にも共に負わせるつもりはない」

福治は寂しく、しかし強い気概を伴った目で微笑んだ。

もしかしたら、この男の本性《ひと》は、とても寂しがり屋なのかもしれない。寂しいのに、ただ一人孤独に耐えて生きる人。そう思うとどうしようもなく苦しく切なくなった。

人はそれを、愛しいと言うのかもしれない。

「……気が向いたら、いつか俺の絵も描いてくれ」

「私は、男は描かない趣味だ」

「そうか。そうだな」

それがいい。

「俺は今、生きてあなたの側に在るものな」

温くなりつつある茶に口をつけ、尚成は微笑《わら》った。

＊

その日、尚成が福治の庵を訪れると、桐子の絵が客間の机に置かれていた。上がり込んで、絵を覗きこむ。真新しい、少し濡れた文字で、漢文が記されている。

直到我的長途旅行結束　称和我住在一起
(私の長い旅が終わるその時まで、私と君は共に生きている)

縁側から覗くと、庭では、福治が筆を執って絵を描いている。遠目で描いているものは見えないが、彼の視線の先には鹿の親子がいた。山を彩る紅葉は散り、冬の気配を色濃く纏っている。

「また、絵を描き始めたのだ」

みむろが、厨から菓子を持ってひょっこり現れる。

「腕が鈍っていたので、ああやって練習しているのだと」

良かった。尚成は心から思った。

「福治殿は、呪術師なんかより、絵師で生業を立てる方がよい気がするなぁ」

「それは無理だよ」

みむろが声を立てて笑う。

「人間はいつだって無意識にも、呪い、呪われ、しかもそれを心のうちに秘めておくことができない。悲しいかな、一人では生きられないくせに、生きているという、ただそれだけで人を傷つける」

だから呪術師はいつの世でも消えない。自己の破滅と救いを求め、いつだって人はこの家の門を叩く。

「みむろもそうなのか?」

この、人の姿をして人でない少女も、福治のもとにいるということは、なにかいわくがあるのだろうか。

言った後で、気が付いた。

なんと無神経なことを聞いてしまったのだ。

後悔するが、言葉は取り消せない。尚成の不躾で素朴な問いに、みむろは少しの沈黙の後、饅頭に手を伸ばしつつ口を開いた。

「福治が、おまえの絵を描いていたよ」

「え……」

男は描かないと言っていたはずだ。

「タカナリは桐子にそっくりだ。生まれ変わったのかと思うくらいにな」

みむろはひとつ頷いて、少し皮肉げに笑った。

「だからこそ、福治にとっておまえという存在は惨かっただろうよ」

澄んだ眼で尚成を見つめ、憐れみを眉宇《びう》に滲ませた。

「おまえの中に、桐子の影を見てしまうからな」

「……そんな。俺は、ただ」

「しかし、タカナリはタカナリだ。それ以外の何者でもない」

みむろはそう言って、再び饅頭に口を付けた。

「——だとすれば、俺は、もうここに来ない方がいいのだろうか」

俺の姿を見ることで、福治殿が苦しい思いをするならば。祖母のことを思い出し、返らない日々を想ってしまうのならば。

——まさか、そのために福治殿は、今度のようなことを……。

尚成の顔が青ざめる。その胸中を読んだのか、みむろは息を吐くように笑った。

「これまであいつが姿絵を描いた人間は二人だ。——おまえと、桐子のな」

言って、席を立つ。

「あいつに顔を見せてやれ。喜ぶぞ」

「だが、しかし……」

そんな話を聞いたあとで、のこのこと福治の前に出られはしない。

このまま足を返そうかと思った矢先、玄関先で音がした。

福治だ。手には紙と筆を持ち、片腕に簡易なつくりの椅子を抱えている。

「なんだ。来ていたのか」

「あ、ああ」

そう言って、手土産に持ってきた酒と、魚の塩漬けを差し出す。

尚成の顔を見て何か察したのか、福治はみむろに視線を移すと、

「何か、こいつに要らんことを吹き込んだか？」

と、眉を顰めてみむろを睨んだ。

「いいや？　タカナリがなかなか顔を見せぬので、寂しがっていたと教えてやっただけだ」

「余計なことを……」

ますます眉根を寄せ、福治が顔を顰める。

「ふん。福治はひねくれているからな。己が伝えてやったまでだ」

感謝してほしいくらいだと言って舌を出し、野生動物のようにぴょんと飛んで窓から出ていった。

「で、今日はなんの用だ？　またくだらん厄介事に首でも突っ込んだか？」

「いや……。あなたの様子を見に来たのだ」

「私のだと？　余計なお世話だな」

小さく鼻を鳴らして、福治は板の間に腰を下ろす。そして尚成の持参した酒を手酌で飲み始めた。

「福治殿。俺は……俺の存在が、あなたを追い詰めてしまったのだろうか？」

尚成の唐突な言葉に、福治は片眉を吊り上げた。

──これでは由直《ゆきなお》の時と同じではないか。俺はいつも無意識に誰かを傷つけ、追い詰めている。

「俺はあなたに、どう謝罪して良いか……」

「やはり、みむろに要らぬことを吹き込まれたな」

そうため息を吐いて、杯を置き、腕を組んで首を横に振った。尚成が「違う」と言いかけた時、福治が睨むような鋭さで尚成を見た。

「己惚れるなよ」

厳しい言葉に、口を噤む。

「私は私の望むまま、思うままにしたまでだ。そこにおまえは一切関係ない」

「しかし……！」

「本当に、愚かなやつだな」

そう言って腰を上げると、福治は眉尻を下げて俯いている尚成に歩みを寄せた。

ぽんと尚成の両肩を手で叩き、次いで二の腕を摑み、「うむ」と頷く。尚成が顔を上げると、真剣な表情をした福治がいる。

「私は、おまえがいてよかったと思っている」

「福治殿……」

思いがけない言葉に、胸がじんと震えた。目頭が熱くなる。

「おかげで次の仕事が捗りそうだ」

「——なに？」

「とある公家の一人息子が呪われているようでな。ちょうど背格好がおまえくらいだ。変装して顔を隠せば、いい囮になりそうだ」

「お、囮だと……!?」

なるほど、だからああして体の身幅を確かめていたのか。

(少しでも感動した俺が馬鹿だった……！)

「絶対、お断りする！」

「私に恩があると言ったのはおまえだ。ならば、少しは役に立ってもらうぞ」

「それとこれとは話が違う！」

逃げ出そうとする尚成の首根っこを引っ摑み、福治が意地の悪い笑みを浮かべる。

「さあ、行くぞ」

「前言撤回する！　俺は帰る！」

もがく尚成を引きずって、福治が庵の戸を開ける。ちょうどみむろがしゃがんで地べたに絵を描いているところだった。彼女は顔を上げて、「お」と唇を尖らせる。

「なんだ？　タカナリを引きずったりして」

「四条でひと仕事あってな。こいつに囮を務めてもらう」

「それは楽しそうだな。己も行くぞ！」

みむろは軽やかに飛び上がると、福治に加勢する。尚成は顔を青くして、引き攣った悲鳴を上げた。

「嫌だ。帰る！」

「案ずるな。いざとなれば己が助けてやる。命は保障するぞ？」

「そういう問題ではない！」

遥かな空に尚成の声が虚しくこだまする。

「俺はもう、怪異呪いの類はこりごりだ！」

「そうつれないことを言うな」

そんな尚成に目を細めて、福治は柔らかな笑みに口元を染めた。

――どうやら私は存外、この姦《かしま》しさが気に入っているようだ。

一陣の風が吹いて、その言葉を掻き消した。しかし表情ばかりは攫《さら》えなかったらしい。尚成の目に、淡く笑む福治の横顔が過った。

「福治殿、いま……」

笑ったか、と尚成が目を丸くすると、福治は「さあな」と言って顔を背けた。

「みむろ、見たか!?　今、福治殿が笑ったぞ！」

「なに？　見逃した。おい、福治。もう一度笑え！」

尚成の言葉に、みむろが応える。福治は頭を抱え、

「……やはり、私も前言撤回するか……」

と、苦い顔を作った。
見晴るかす蒼穹の下、山裾の梅にはかたい蕾が萌え出ている。
季節の巡りを告げるため、新しい春の予感を報せるために。

参考文献

・下間正隆『イラスト京都御所』、京都新聞出版センター、二〇一九年。
・円満字洋介『平安京は正三角形でできていた！　京都の風水地理学』、株式会社実業之日本社、二〇一七年。
・八條忠基『詳解　有職装束の世界』、株式会社KADOKAWA、令和二年。
・注解者　前野直彬『唐詩選（上・中・下）』、株式会社岩波書店、一九六一年第一刷発行、一九八五年第三十一刷発行。

この作品は、第十一回ポプラ社小説新人賞奨励賞
受賞作を加筆修正したものです。

呪われ少将の交遊録

相田美紅

2022年12月5日　第1刷発行

発行者　千葉 均
発行所　株式会社ポプラ社
〒102-8519　東京都千代田区麹町4-2-6
ホームページ　www.poplar.co.jp
フォーマットデザイン　bookwall
組版・校正　株式会社鷗来堂
印刷・製本　中央精版印刷株式会社

N.D.C.913/311p/15cm　ISBN978-4-591-17589-7

P8101459

食堂かたつむり

小川糸

同棲していた恋人にすべてを持ち去られ、恋と同時にあまりに多くのものを失った衝撃から、声をも失ってしまった倫子。山あいのふるさとに戻った彼女は、小さな食堂を始める。それは、一日一組のお客様だけをもてなす、決まったメニューのない食堂だった。やがてある噂と共に食堂は評判を呼ぶように……。

ポプラ文庫好評既刊

喋々喃々

小川糸

「喋々喃々」＝男女が楽しげに小声で語り合うさま。東京・谷中の小さなアンティークきもの店を営む栞。ある日、店に父親に似た声をした男性客が訪れる——。季節の移ろいや下町のおいしいものの描写を交え、丁寧に描かれる大人の恋の物語。巻末に登場エリアの手描き地図を掲載。

ポプラ文庫好評既刊

ファミリーツリー

小川糸

美しく壮大な自然に囲まれた長野県安曇野。小さな旅館で生まれた弱虫な少年・流星は「いとこおば」にあたる同い年の少女リリーに恋をし、かけがえのないものに出会う。ユニークなおとなたちが見守るなか、ふたりは少しずつ大人になっていく。五感に響く筆致で、命のつながりの煌めきを描き出す物語。

ポプラ文庫好評既刊

リボン

小川糸

小さな命が、寄り添ってくれた——少女と祖母は家のそばで小鳥の卵を見つけ、大切に温めて孵す。生まれたのは一羽のオカメインコだった。リボンと名づけ、かわいがって育てるが、ある日逃がしてしまう。リボンは羽ばたきとともに様々な人々と出逢い、やさしく結びつけていく。懸命に生きる人々の再生を描く物語。

ポプラ文庫好評既刊

かがみの孤城　上・下

辻村深月

学校での居場所をなくし、閉じこもっていた〝こころ〟の目の前で、ある日突然部屋の鏡が光り始めた。輝く鏡をくぐり抜けた先にあったのは、城のような不思議な建物。そこには〝こころ〟を含め、似た境遇の7人が集められていた。すべてが明らかになるとき、驚きとともに大きな感動に包まれる。生きづらさを感じているすべての人に贈る物語。

ポプラ文庫好評既刊

ピエタ

大島真寿美

18世紀、爛熟の時を迎えた水の都ヴェネツィア。『四季』の作曲家ヴィヴァルディは、孤児を養育するピエタ慈善院で音楽的な才能に秀でた女性だけで構成される〈合奏・合唱の娘たち〉を指導していた。ある日、教え子のエミーリアのもとに、恩師の訃報が届く。一枚の楽譜の謎に導かれ、物語の扉が開かれる——。

あん

ドリアン助川